캐나다 WHAT 수다!

캐나다 WHAT 수다!
영어 교사 5인방의 소소한 교육 이야기

초 판 1쇄 2025년 01월 23일

지은이 신혜진, 한지연, 류지연, 하승희, 유선정
펴낸이 류종렬

펴낸곳 미다스북스
본부장 임종익
편집장 이다경, 김가영
디자인 임인영, 윤가희
책임진행 김은진, 이예나, 김요섭, 안채원, 장민주

등록 2001년 3월 21일 제2001-000040호
주소 서울시 마포구 양화로 133 서교타워 711호
전화 02) 322-7802~3
팩스 02) 6007-1845
블로그 http://blog.naver.com/midasbooks
전자주소 midasbooks@hanmail.net
페이스북 https://www.facebook.com/midasbooks425
인스타그램 https://www.instagram.com/midasbooks

© 신혜진, 한지연, 류지연, 하승희, 유선정, 미다스북스 2025, *Printed in Korea*.

ISBN 979-11-7355-048-5 03810

값 19,500원

미다스북스는 다음세대에게 필요한 지혜와 교양을 생각합니다.

캐나다 WHAT 수다!

영어 교사 5인방의 소소한 교육 이야기

신혜진

한지연

류지연

하승희

유선정

Solidarity

Equity

Freedom

Happiness

Myself

미다스북스

Chapter 1

Solidarity : 함께 손잡은 연대의 힘
신혜진(Cake쌤)

Chapter 2

Equity : 차이를 메꿔주는 공평의 힘
한지연(Joy쌤)

Chapter 3

Freedom : 일탈에서 나오는 여유와 다정함
류지연(Jacqueline쌤)

Chapter 4

Happiness : 더 넓은 세상으로 향하는 행복
하승희(Christine쌤)

Chapter 5

Myself : 나 자신으로 살기
유선정(SunnyJenny쌤)

추천사

민경진

2023년 경기도국제교육원 영어 심화 연수 총괄 교육연구사, 현 시흥교육지원청 장학사

캐나다의 뜨거운 햇살만큼 강렬했던 다섯 영어 교사의 여름은 아직 끝나지 않았다. 이 책은 그들이 국외 연수를 통해 얻은 교육에 대한 통찰을 보여준다. 연대, 공정, 자유, 행복, 자아의 5가지 키워드로 캐나다와 한국 사이를 오가는 시간 여행의 종착지는 학생과 교사가 모두 성장하는 교육이다.

치열하게 공부하고 가르치는 영어 교사들은 늘 현실의 한계에 직면하며 고군분투한다. 이 책은 교육 현장의 현실적인 어려움들에 새로운 관점으로의 접근을 제시하고, 교사들 간의 협업과 자아 성찰이 어떻게 교육 효과를 극대화할 수 있는지를 잘 보여준다.

'왜 하필 영어 교사가 되어서'라고 후회해 본 적이 있는 교사, 수업과 상담의 소용돌이에 지친 교사, 사회적 기대치에 자신을 살피지 못한 채 오늘도 가면을 쓰고 교단의 무대에 오르는 교사, 다람쥐 쳇바퀴 같은 수업과 수업 준비의 연속에

서 새로운 자극과 도전이 필요한 교사.

그렇게 다양한 형태로 교육을 깊이 고민하는 교사라면 여기 평범한 듯 열심히 살아가는 저자들이 내미는 행운의 손을 잡아보기를 권장한다. 그들이 공개한 캐나다의 오색빛깔 경험을 생생한 이야기로 만나며 학생과 교사 모두가 행복한 교육의 문을 함께 열 수 있기를 바란다.

권민경

숙명여자대학교 영어 교사 심화 연수프로그램(IIETTP) 총괄 선임연구원

이 책은 현직 영어 교사들이 숙명여자대학교 영어 교사 심화연수 프로그램과 캐나다 연수에서 경험한 도전과 교육 사례를 생생하게 담고 있다. 이들은 국내외에서 네트워크를 형성하고 서로의 경험을 나누며, 교사들이 마주하는 문제를 해결하는 방법을 함께 고민한다. 나아가 이러한 생각을 다른 교사들과도 공유하여 모든 교사가 자부심을 가지고 학생과 소통할 수 있도록 용기를 준다.

교사의 역할이 단지 지식을 전달하는 것을 넘어 학생들의 다양성과 창의성을 길러주는 창의적 교육 설계자이자 글로벌 시민 양성자로 변화하고 있는 지금, 이 책이 더 나은 교육 환경을 만들어 나가는 데 도움이 될 것이라 믿는다.

팽명장

창의인성영어수업디자인 연구회 회장, 고색고 교사

낯선 캐나다에서 다섯 명의 영어 교사가 학생이 되고, 동료가 되고, 스스로를 다시 발견하는 특별한 여정을 담은 책이다. 가르치는 기쁨과 배우는 즐거움, 그리고 교사로서의 고민과 성장이 담긴 이야기는 읽는 내내 공감과 감동을 선사한다.

이 책은 지친 교사들에게 새로운 가능성과 희망을 전해주는 따뜻한 기록이다. 책장을 넘기다 보면 마치 독자도 함께 그 여름의 캐나다 교실에 서 있는 듯한 생생한 느낌을 받을 수 있을 것이다.

마지막 장을 덮을 때쯤엔 자연스럽게 이런 질문이 떠오를 것이다. "나는 어떤 교사로, 어떤 사람으로 살아가고 있을까?" 교직에 몸담고있는 모든 이들에게 꼭 추천하고 싶은 책이다.

김진수

『초등 집중력을 키우는 동시 쓰기의 힘』 저자, 초등교사

412603. 6자리의 번호가 어느 날 문득 눈앞에 다가왔다. 이 번호의 비밀을 푸는 자는 영어 심화 연수 문을 통과할 수 있다.

4(4개월간) 1(일주일에) 2(두 번씩 온라인으로 만나 영어로 말하고 글 쓰는) 60(60시간의 연수를 거쳐 연수 대상자로 선정된 교사에게) 3(3주간 캐나다 현

지에서 교육을 직접 체험해보는 것). 그 비밀번호를 푼 다섯 영어 교사는 대한

민국에 던지는 교육의 의미를 이 책에 담았다.

평소 캐나다 교육에 관해서는 3無(교과서, 공부 스트레스, 수능이 없다.) 정

도로만 알고 있었는데 책 속에서 만난 핵심 키워드 5가지인 solidarity(연대),

equity(공정함), freedom(자유), happiness(행복), myself(나의 자아)가 서로 연결

됨이 돋보인다. "내가 행복해질 방법을 깨달은 '나를 찾아 떠난 연수'였다."라고

말한 한 선생님의 고백이 이 책의 깊이를 더한다. 단순히 캐나다 교육을 경험한

것이 아닌 교육에서 가장 중요한 "나"를 만났기 때문이다. 이 책을 통해 또 다른

'자아'를 만날 그날을 그려본다.

프롤로그

어쩌다 보니, 비슷한 시기에 교직에 입문한 동갑내기 영어 교사 다섯 명이 모였다. 호기심 많고 열정도 넘치는, 조금은 수다스럽고 조금은 개성 있는 사람들이다.

캐나다로 떠난 연수에서 우리는 그동안 외면했던 자신을 다시 만나게 되었다. 캐나다에서는 다양한 사회 구성원만큼이나 다양한 삶의 모습을 있는 그대로 받아들였다. 개성이 강한 만큼 포용적인 그 공간에서 우리는 많은 것을 배웠다.

한국과는 사뭇 다른 캐나다의 교육환경을 경험하면서, 교육에서 중요한 것이 무엇인지 생각해 보게 되었다. 교사로서의 삶도 되돌아보았다. 한국에서 영어 교사로 사는 것, 그동안의 교직 생활, 인생의 중반 40대를 시작하는 마음 등 많은 이야기를 나누었다.

교사가 행복한 삶을 살아갈 때 교육의 질도 높아진다고 한다. 행복한 아이가 하루하루 자연스럽게 성장해 나가듯이, 행복한 교사는 자연스럽게 자신의 성장을 추구하며 더 나은 교육을 고민하게 되지 않을까?

　쉽지 않은 학교 현실에서 아이들과 행복을 찾기 위해 노력한 우리의 삶에 대한 성찰, 교육에 대한 고민을 이 책에 담았다. 캐나다에서의 배움을 한국 교육 현실에 적용해 보려고 노력한 이야기와 한 개인의 삶을 되찾고 성장을 꿈꾸는 이야기도 담았다. 다섯 명의 영어 교사의 여정을 따라가면서, 교사와 아이들 모두가 행복해지기 위해 무엇이 필요할지 함께 고민해 보면 좋겠다.

PIG Family

Solidarity

: 함께 손잡은 연대의 힘

신혜진(Cake쌤)

CHAPTER 1

뜨거웠던 그해 여름

인천국제공항에 모인 우리의 심정을 각자 영어 단어로 하나씩 표현해 보았다.

excited, glad, delighted, terrific, awesome, overwhelmed, honored, pleased, breathtaking…

설레고, 기쁘고, 영광스럽고, 떨리는 마음들이 쏟아져 나왔다.

4개월간 일주일에 두 번씩 온라인으로 만나 영어로 말하고 글 쓰는 60시간의 연수를 거쳐, 드디어 캐나다 학생들을 만나기 위해 비행기에 몸을 싣는 날이었다. 낮에는 학교에서 일하고 밤에는 연수를 듣는 주경야독의 시간은 녹록지 않았다. 2023년 초·중등 영어 교사 심화 연수(IETTP)에 선발된 우리는 경기도를 대표하는 영어 교사이자, 대한민국의 문화를 외국에 소개하는 문화 외교 사절단으로서의 자부심을 안고 캐나다로 떠났다.

교사라면 누구나 신학기 준비로 분주한 2월에 우연히 접한 '영어 교사 해외 심화 연수'라는 공문은 내 마음을 송두리째 흔들어놓기에 충분했다. 신규교사 시절부터 기회가 되면 가고 싶었던 심화 연수였다. 교사 초년에는 경력에서 밀려서, 나중에는 육아로 바빠서, 그 후에는 코로나 때문에, 쉽게 기회가 주어지지 않던 연수였다. 공문을 발견하는 순간, '이건 내 교직 인생에 다시 안 올 일생일대의 기회다.'라는 생각이 머리를 스쳤다.

공문에는 교육경력, 공인 영어 시험 점수, 연수 활용 계획서를 합산한 점수로 연수 대상자를 선발한다고 되어있었다. 그동안 바쁘다는 핑계로 텝스 시험을 안 본 지 오래된 상태였기 때문에, 가장 먼저 시작한 일은 텝스 공부였다. 3월 말 원서 접수 전까지 내게 주어진 텝스 시험의 기회는 2월 말에 있는 시험뿐이었다. 단 한 번의 기회를 이용해 최대한 높은 점수를 얻어야 했다. '심화 연수는 영어 교사의 꽃'이라는 생각으로, 우연히 찾아온 기회를 내 것으로 만들기 위해 최선을 다했다. 감사하게도 4월 초에 연수 대상자로 지명되었다는 공문을 받았다.

우리의 연수는 사전 텝스 검사로 시작되었다. 영어 교사로서 수업 전문성을 키우는 것뿐만 아니라, 자신의 영어 활용 능력을 키우는 것도 연수의 목적에 포함되었다. 연수를 기점으로 사전 검사와 사후 검사를 통해 영어 몰입 환경이 교사 자신에게도 실력 향상을 가져올 수 있음을 증명해야 했다. 사전 텝스 검사를 위해 한자리에 모였던 날, 연수생들을 대표할 반장과 부반장을 정했다. 해외 심화 연수의 경험이 많으셨던 이 선생님께서 자진해서 반장 역할을 해주시기로 하셨다. 이어서 부반장을 뽑는 시간, 정적이 흐르는 시간을 잘 참지 못하는 내가 부반장이 되겠다고 나섰다. 부족함이 많겠지만 좋은 연수의 기회를 제공해 주신 경기도 국제교육원과 담당 연구사님께 힘이 되어드리고 싶은 마음으로 용기를 냈다. 어차피 그토록 바라던 영어 심화 연수를 가기로 한 것이라면, 적극적으로 참여하고 많은 것을 배우고 싶었다. 머지않아 그런 나의 선택이 틀리지 않았음을 깨닫게 되었다.

부반장으로서 내 역할은 연수생들과 연수 운영팀 간의 의견을 조율하는 것이었다. 캐나다 연수를 떠나기 전부터 연수를 주관한 경기도국제교육원 민 연구사님, 중등 팀 국내 연수를 운영해 주신 숙명여대 IIETTP 권 팀장님, 캐나다 현지 연수를 맡아주신 PIEA Ken Ko 이사님, 연수생 대표이신 반장 선생님과 함께 한 주에 한 번씩 줌에서 만나 연수에 필요한 주요 사항들을 점검했다. 개인적인 해외여행이 아니라 연수를 위한 공무 출장인 만큼 소지할 수 있는 물건이나 할 수 있는 행동에 제약이 따랐다. 다양한 지역에서 근무하는, 다양한 가치관을 가진 초등교사 30명과 중등교사 30명을 모두 만족시키는 연수 계획을 세우기란 쉬운 것이 아니었다. 양쪽의 입장을 모두 들으면서 하나의 연수를 기획하고 운영하기까지 얼마나 많은 운영진의 고민과 수고가 들어가는지 새삼 깨달았다.

운영진으로서 가장 좋았던 점은 함께 연수에 참여한 선생님 누구에게나 다가가 친해질 수 있다는 것이었다. 캐나다에 도착한 직후 기숙사에서 사용할 카드키와 세탁실 키를 나눠주는 일부터, 현지 수업 실습(practicum)학교로 이동하는 버스 시간을 확인하고 안내하는 일, 연수생들의 요구를 파악하여 오후 차량 동선을 조정하는 일, 분실물이 있는 선생님을 지원해 드리는 일, 갑자기 몸이 안 좋아져 약이 필요한 선생님께 약을 드리는 일, 한밤중에 울리는 경보음을 해결하기 위해 코디네이터에게 연락을 취하는 일까지, 나의 모든 일은 선생님들과 소통이 필요한 일들이었다. 다양한 교육적 경험을 지닌 영어 선생님들과 교류하는 것만으로도 나에게 큰 자극과 배움이 되었다.

3주간 합숙 연수에 참여할 만큼 영어라는 과목에 열정이 충만함은 물론, 각자의 위치에서 전문성을 발휘하여 수업을 해왔던 훌륭한 선생님들을 한자리에서 만난 것은 나의 눈을 번쩍 뜨이게 하는 경험이었다. 게다가 어찌나 다들 성격도 친절하고 좋으신지, 3주간 서로 불편한 일이 있을 법도 한데 얼굴 찌푸릴 일 하나 없이 서로를 배려하는 시간이 신기하고 감사했다. 업무의 얽힘 없이, 또한 연수 성적에 대한 경쟁 없이 자유로운 분위기 속에서 진정한 배움에 몰입할 수 있는 환경이었기에 가능했던 것 같다.

공교롭게도 나와 발령 시기가 비슷한 동갑내기 친구들을 4명이나 알게 되었다. 나를 포함한 다섯 명 모두 돼지띠였기에 우린 돼지띠 클럽이라는 뜻으로 'PIG Family'가 되었다. 우리에겐 공통점이 하나 더 있었는데, 바로 가슴 속에 뜨거운 열정을 가득 담고 있는 '홍부자'라는 사실이다. 그동안 학교에서 많은 영어과 선생님과 협업을 해왔지만, 이렇게 마음이 잘 맞는 사람은 만나본 적이 없었다. 영어과 교사들은 교사 중에서 가장 자유로운 영혼을 가진 편이고, 어떤 면에서는 개인주의적 성향이 강한 탓에 쉽게 하나로 모이기 힘든 것이 사실이다. 자유분방함과 함께 순수한 열정을 간직한 우리였기에, 마음을 열고 서로를 있는 그대로 받아들일 수 있었던 것 같다.

우리가 머물렀던 기숙사 입구에서

두 손을 맞잡고, 연대

러닝센터에서 함께 연수 듣고, 현지 학교에서 함께 수업 실습하고, 같은 기숙사에서 동고동락하면서 우리는 급속도로 친해졌다. 연수를 통해 자기 삶을 돌아보고, 모든 역할과 책임을 잠시 내려놓고 타지에서 함께 자유를 누린 기억은 우리 사이를 단시간에 끈끈하게 만들어주었다. 한국에 돌아와서도 매달 만나 영어 수업 이야기, 학교 업무 이야기, 영어 교사의 비전 이야기, 개인적인 이야기들을 나누면서 오래 사귄 친구 이상의 감정을 느끼고, 서로를 지지해 주는 강한 연대(Solidarity) 의식도 느끼게 되었다. 같은 영어 교사라는 동질감이, 그리고 캐나다에서 같은 정서를 나누었던 경험이 우리를 강하게 묶어주는 느낌이었다. 어쩌면 이런 것이 진정한 의미의 교사들의 학습 공동체, '전문적 학습 공동체'가 아닐까 생각했다.

Diversity(다양성), Equity(공정함)와 함께 캐나다의 교육을 지탱해 주는 3대 철학은 Solidarity(연대)이다. 캐나다에는 다양한 인종의 사람들이 섞여 함께 살아간다. 실제로 내가 현지 학교 교실에서 만난 아이들 역시 백인보다는 인도계, 중국계, 남미계, 아프리카계 등 다른 문화적 배경을 가진 아이들이 더 많았다. 그들에게 다양성에 대한 존중과 포용, 서로의 다름을 인정하고 적극적으로 배려하는 공정함, 다른 이의 입장을 공감하고 연대하는 태도는 너무도 중요하고 자연스러운 삶의 방식이었다.

우리가 캐나다에서 연수받던 시기에 한국에선 가슴 아픈 일이 일어났다. 꽃다운 나이의 어린 선생님이 과도한 민원에 스스로 목숨을 끊은 사건이었다. 서로의 다양한 생각을 인정하고 존중하는 캐나다의 학교 문화와 달리, 교사의 목소리가 충분히 존중받지 못하는 한국의 학교 문화에 대해 안타까운 마음이 들었다. 캐나다 현지 교사들과 이 사건에 대해 이야기를 나누었다. 한국에서 교사의 수업권과 평가권이, 그 이전에 인간으로서 최소한의 인권이 지켜지지 못하는 현실에 우리는 캐나다에서도 쓰디쓴 눈물을 삼킬 수밖에 없었다. 뜨거운 열정으로 교직에 최선을 다했을 가엾은 선생님에게 연대하는 마음을 품고 나니, 안도현 시인의 「너에게 묻는다」라는 시가 떠올랐다.

너에게 묻는다

안도현

연탄재,
함부로 발로 차지 마라.

너는 누구에게
한 번이라도
뜨거운 사람이었느냐.

　캐나다에서 그리고 학교라는 삶의 터전에서, 뜨거운 여름을 함께 보낸 친구들에게 나의 진심을 꺼내 보여주고 싶은 마음이 간절하게 드는 밤이 있었다. 내 진심을 보여주기에 내가 쓴 글을 보여주는 것만큼 좋은 방법은 없다는 생각이 들었다. 내가 공저로 참여했던 『배움의 시선』이라는 책의 표지에 한 명 한 명 정성껏 편지를 적어 선물해 주었다. 그리고 그 친구들과 연대하는 마음으로 캐나다에서 보고 느꼈던 모든 것들, 그 뜨거웠던 경험을 담아 한 권의 책으로 엮어내야겠다는 결심을 하게 되었다. 그렇게 우리의 공저 프로젝트가 시작되었고, 우리의 뜨거웠던 2023년 여름의 이야기를 세상에 내놓게 되었다.

캐나다 현지에 도착한 영어 심화 연수 동료 선생님들과

캐나다 WHAT 수다!

Everyone washroom?

캐나다에서 일정은 오전에 현지 학교에서 수업을 참관하거나 실습하고 오후에는 문화 탐방하는 것이었다. 한국에서 업무할 때는 MBTI가 ENFJ인 사람답게 계획하고 추진하는 것을 선호하지만 캐나다에서만큼은 아무런 계획 없이 다른 이를 따라다니는 것이 좋았다. 그만큼 내가 계획적으로 추진하는 업무에 지쳐있었던 것은 아닐까. 아무도 내가 ENFJ라는 것을 믿지 않을 만큼, 나는 아무런 계획이 없었다. 사실 내 머릿속에는 '사람들의 계획을 따르는 것이 내 계획이다.'라는 생각이 있었다고 변명해 본다.

캐나다 아이들에게 한글 쓰기를 가르치는 수업 실습을 모두 마치고 모든 긴장이 풀렸던 날 오후, 나와 함께 프랙티컴(수업 실습)을 진행했던 허 선생님을 따라 미술관 탐방에 나섰다. 허 선생님은 워낙 예술 작품에 조예가 깊어 AGO(Art Gallery of Ontario)에 대한 사전 조사를 이미 끝내신 상태였다. 미술관 곳곳을 돌며 시대별로 달랐던 작품의 흐름을 전문 도슨트처럼 설명해 주시니, 오랜만에 나의 영혼이 예술로 풍요롭게 채워지는 느낌이었다. 우리나라에서는 특별전이 열려야만 볼 수 있는 작품들을 실제로 가까이서 만나보니, 예술가의 혼이 그대로 느껴지는 듯했다. 그중에서도 가장 나를 들뜨게 했던 작품은 피카소의 것이었는데, 과연 피카소답게 한참 동안 그림 앞을 떠날 수 없게 만드는 마성의 매력이 있었다.

그러나 나에게 가장 큰 문화충격을 준 그림은 따로 있었다. 바로 화장실 앞에 붙어있던 'everyone washroom'이라는 표지판이었다. 보통 화장실 앞에는 성별을 나타내는 그림이 붙어있는데, everyone washroom 앞에는 성별 표시 없이 변기 그림, 휠체어를 탄 사람의 그림, 아이를 안은 사람의 그림만 붙어있었다. 성별 표시가 없어 의아해하며 화장실 안으로 들어가 보니, 남자와 여자가 섞여 줄을 서 있는 것이 아닌가? 대신 남자가 소변을 보는 소변기는 없었고, 문을 닫고 들어가는 화장실 칸만 있었다. 처음에는 덜컥 겁이 났다. 여자 화장실 앞에 남자가 줄 서 있는 모습은 낯설기도 하고, 왠지 모를 불안감을 주기도 했다. 여자로서 화장실은 여자가 보호받을 수 있는 사적인 공간, 남자를 피해 들어올 수 있는 유일한 공간이라는 생각이 내 머릿속을 지배하고 있었다.

의문이 들었다. 왜 모두를 위한 화장실을 만들었을까? 화장실 만들 공간이 부족했나? 그러기엔 화장실은 두 개가 마련되어 있었다. 줄을 서는 효율성을 위해서였을까? 그것도 하나의 이유일 수 있었다. 그런데 허 선생님의 생각은 이러했다. 캐나다에는 다양한 인종뿐만 아니라, 다양한 성별의 사람들이 존재한다. 남자와 여자로만 나뉘는 것이 아니라, 그 중간쯤에 있는 사람들도 있다. 여자 화장실을 쓰는 것에 불편함을 느끼는 여자도 있을 수 있고, 그 반대의 경우도 있는 것 같다. 외모는 남자의 모습이지만 성 정체성이 여자인 사람에게는 남자 화장실을 쓰는 것이 불편할 수 있다. 어쩌면 다양성을 존중하는 캐나다 사회에서는 화장실을 남자와 여자, 단 두 가지의 이분법으로 나누는 것을 경계하고 있었던 것은 아닐까.

그리고 보니 다양성을 존중하는 캐나다의 문화는 곳곳에서 눈으로 확인할 수 있었다. 거리에 붙어있는 무지개 깃발이 어떤 의미인지 나는 캐나다에 가서야 처음 알게 되었다. 무지개 깃발은 성 소수자들이 자신의 정체성에 대한 긍정과 서로 간의 연대를 보여주기 위해 내거는 상징이라고 했다. 거리 곳곳뿐만 아니라 캠퍼스 안에서도 무지개 깃발과 무지개를 모티브로 한 다양한 포스터를 만나볼 수 있었다. 또한 마스크 착용에 대한 안내 포스터에는 다양한 외모의 사람들을 함께 담아, 다양한 인종을 존중하고 있음을 드러내고 있었다. 우리가 무심코 지나칠 수 있는, 의도치 않게 누군가에게 상처를 줄 수 있는 차별적 요소들을 예리하게 파악하고 세심하게 배려하고 있었다. 나는 그때 캐나다의 철학을 어렴풋이나마 이해할 수 있게 되었다.

남녀 구분이 없는, 모두를 위한 화장실(Everyone Washrooms) 입구　　　　다양한 외모를 담은 포스터

다양성을 품은 영어 수업

한국에 돌아와서 아이들에게 캐나다에서 보고 배우고 느낀 것을 수업에 녹여 전달하고 싶었다. 캐나다에서 내 머릿속에 가장 많이 떠오른 단어는 바로 다양성, Diversity였다. 아이들에게 캐나다의 다양성을 존중하는 문화를 설명해 주고, 우리 역시 다문화 사회에서 공존해야 함을 느끼게 해주고 싶었다. 경기도에는 이미 많은 다문화 가정 학생들이 함께 살아가고 있다. 다문화 학생 비율이 30% 이상인 다문화 학생 밀집 학교 역시 계속 늘고 있다. 경기도 학교에서 다문화 가정 학생을 만나는 것은 더 이상 특별한 일이 아니다. 점차 우리 아이들은 '다문화'라는 단어조차 무색해질 사회에서 살아가게 될 것이다. 아이들에게 다양성 존중의 의미를 한 번쯤 생각해 보게 하고, 일상생활 속에서 다양한 배경을 가진 사람들을 배려하는 다문화 감수성을 높여주고 싶었다.

나는 캐나다 연수에서 배운 것을 반영한 제안 수업을 기획하고 준비했다. 수업의 도입 단계에서는 캐나다 수업 시간에 만난 다양한 인종의 아이들이 서로의 다른 외모와 생활 방식을 있는 그대로 존중했던 모습을 설명해 주었다. 그들은 우리나라처럼 교복을 입지 않았기 때문에 스스로 느끼는 체감온도에 따라 민소매 셔츠부터 두꺼운 상의까지 다양한 옷을 입고 등교했다. 다양한 피부색과 외모만큼이나 다양한 복장에도 불구하고, 서로의 다름에 대해 불편해하거나 지적하는 사람은 없었다. 나는 everyone washroom이나 무지개 깃발처럼 다양한 사람들의 생각을 배려하는 사회 문화가 있다는 것을 아이들에게 설명해 주었다. 우리가 다양한 문화를 존중해야 하는 이유는 무엇인지 생각해 보도록 질문을 던졌다.

본격적인 전개 단계에서는 아이들이 흥미로워할 만한 true colors test를 준비했다. 트루 컬러 테스트는 MBTI처럼 자신의 선호도를 여러 개의 문항을 통해 검사한 후 성격을 블루, 그린, 골드, 오렌지 네 가지 색깔로 분류한 일종의 성격 유형 검사이다. 캐나다에서 연수받을 때 현지 강사인 리사가 소개해 준 검사였는데, MBTI처럼 문항이 많지도 않고 16가지 유형이 아닌 4가지로 유형을 나누어 서로 같은 색을 가진 친구들끼리 모둠 활동을 진행하기에도 적합했다. 내가 캐나다에서 동료 교사들과 공동의 결과물을 만드는 모둠 활동을 할 때 나와 같은 색을 가진 친구와 연대하면서 편안함을 느꼈던 기억, 나와 다른 색을 가진 친구의 발표를 들으면서 다양한 삶의 태도를 이해하게 되었던 기억을 떠올렸다. 아이들에게도 내가 느꼈던 연대하는 태도와 다양성을 존중하는 태도를 그대로 배우게 해주고 싶었다.

같은 색을 가진 친구끼리 모둠을 구성하여 앉도록 한 후, 3가지 질문에 대한 답을 쓰도록 미션을 주었다. 첫 번째는 'When are you happy?', 두 번째는 'What is your slogan?', 세 번째는 'Draw your pet house.'였다. 아이들은 언제 가장 행복한지 모둠 친구들과 이야기를 나누면서 공감대를 쌓았고, 공통의 슬로건을 함께 정하는 문제를 해결하면서 함께 연대했다. 자신만의 펫 하우스를 상상해서 그리는 과정에서 친구들과 서로 관심사가 같다는 것을 확인하고 즐거워했다. 모둠별로 미션지를 완성한 다음에는 앞으로 나와 발표했는데, 각 컬러별 성격 특징이 그대로 드러나 모두가 폭소했다. '행동가(Doer)'라고 불리우는 오렌지 컬러를 가진 친구들은 행동력이 뛰어난 만큼 다채로운 결과물을 만들었다. '애완동물 집 그리기'라는 주제에 대해 평범한 강아지나 고양이가 아닌 독특한 동물을 그리고, 애완동물 집에도 다양한 놀거리를 포함한 것이 인상적이었다. '사색가(Thinker)'라고 불리는 그린 컬러 친구들은 어떤 그림을 그릴지 고민하는 데 오랜 시간을 쓴 흔적이 보였다.

모든 모둠의 발표가 끝난 후 아이들의 소감을 물었을 때, 한 아이가 '사람의 생각은 모두 같은 듯하면서도 다르다.'라고 말했다. 순간 소름이 돋았다. 인생을 아이들의 두 배 이상 살아온 나도 쉽게 꺼낼 수 없는 인생 한마디를 아이들은 아무렇지도 않게 입 밖으로 냈다. 그것이 아이들의 매력이다. 세상을 살아가면서 닳고 닳은 어른들은 도무지 떠올릴 수 없는 날것 그대로의 생각을 거침없이 쏟아내는 게 아이들이다. 그래서 아이들은 너무도 사랑스럽다. 우리 아이들이 세상을 살아가면서 그 순수한 마음을 최대한 다치지 않고 살아갔으면 좋겠다. 서로의 다름을 있는 그대로 이해할 줄 알고, 서로에게 존중받으며 살아갔으면 좋겠다.

아이들에게 그런 삶의 태도를 가르치기 이전에 나 자신을 다시 돌아본다. 나는 얼마나 나와 다른 사람들을 이해하고 살아가고 있었나? 나는 세상을 나와 맞는 사람, 나와 맞지 않는 사람으로 이분법적으로 구분하고 살아갔던 것은 아닌가? 내 자존감을 지키기 위해 나와 다른 사람의 입장을 애써 무시한 적은 없었나? 다양성 존중에서 비롯된 나 자신을 향한 질문은 꼬리에 꼬리를 물고 이어졌다. 한 번쯤 나 자신에게 이러한 질문을 던지는 시간은 필요한 것 같다. 그리고 나이가 들어갈수록 내가 살아온 방식과 내 생각에만 갇히지 않도록 이따금 나 자신에게 물어봐야겠다.

Do you embrace diversity?

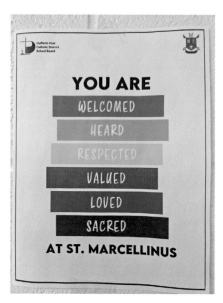

세인트 마셀리너스학교 교실에서 발견한 '존중'을 담은 포스터

한 시간의 수업으로 외국인이
한글을 읽게 할 수 있을까?

캐나다 연수의 핵심은 크게 2가지였다. 첫째, 영어 의사소통 연습을 통한 영어 교과 전문성 함양, 둘째, 캐나다 현지 학생들을 위한 문화교류 수업이다. 이 2가지 핵심 목표를 위해 우리는 캐나다 현지에서의 연수 시간은 물론이고, 한국에서 줌으로 온라인 연수를 듣는 시간에도, 캐나다 현지 학교 수업 실습을 위한 준비 시간에도 영어로 소통했다.

문화교류 수업 실습(프랙티컴)은 2인 1조로 진행됐는데, 함께할 파트너가 정해지고 난 후 점검해야 할 사항이 많았다. 수업 주제를 정하는 것부터 지도안을 짜는 일, 수업 자료를 만드는 일, 현지 학생들의 이해도를 고려하여 수정하는 일까지 전 과정을 온라인으로 진행했다. 연수에 참여한 선생님들의 학교가 넓은 경기도 전역에 흩어져있었기 때문에 오프라인으로 모임을 하기가 쉽지 않은 탓이었다. 시간과 공간의 제약을 넘어 소통할 수 있는 온라인 시스템이 있음에 감사했고, 코로나 이후 일상화된 화상회의가 이번 연수를 가능하게 했다는 생각도 들었다.

문화 수업 주제를 정할 때는 고민에 고민을 거듭했다. 캐나다 학생들이 관심을 가지고 한국 문화를 접할 수 있도록 적절한 소재를 찾아야 했다. 한국의 교복, 학교 축제, 전통 간식, 전통 놀이 등 다양한 주제들이 각 조의 문화 수업 주제로 선정되었다. 나와 수업 실습을 함께 하게 된 허 선생님은 한글을 쓰는 것을 가르쳐보자고 제안하셨다. 1시간의 수업만으로 외국인이 한글을 쓰게 만드는 것은 불가능하다고 생각해서 처음에 나는 회의적인 태도를 보였다. 한글이 과연 캐나다 현지 학생들에게 호기심과 흥미를 불러일으킬 수 있을지도 걱정되었다. 한편 어려운 수업 주제인 만큼 고민 끝에 성공하고 나면 보람이 있을 것이라는 기대도 되었다.

　우리는 한글 쓰기를 주제로 하여, 학생들이 쉽고 재미있게 받아들일 수 있는 소재로 수업을 구상해 보기로 했다. 다행히 우리의 수업을 컨설팅해주었던 원어민 강사들도 요즘 한류의 열풍으로 한국어를 향한 관심이 매우 높다며 우리의 수업에 긍정적인 반응을 보였다. 미국의 한 마을에 있는 작은 가게에 방문했을 때도 BTS의 노래를 들을 수 있었다며, BTS의 노래 가사를 수업자료로 활용하면 좋을 것이라는 조언도 해주었다.

　수업의 도입 단계에서 우리는 제일 먼저 캐나다 학생들에게 한글을 들어본 적 있는지 물어보았다. 아이들은 '사랑해'와 '안녕하세요'와 같은 말을 알고 있었다. 우리 수업의 최종 목표가 BTS의 노래 가사를 한글로 적어 보는 것과 자신의 이름을 한글로 써보는 것이라고 말하자, 학생들은 환호성을 질렀다. 한글, 일본어, 중국어를 한 글자씩 보여주며 한글과 다른 언어의 모양을 비교하여 어떻게 생겼는지 물어보았다. 아이들은 한글 글자가 레고처럼 가로와 세로가 연결되어 네모난 종이상자 같은 느낌을 준다고 했다. 우리는 그 네모난 상자 한 개가 영어에서의 하나의 음절(syllable)과 같은 개념이며, 한글은 자음+모음+자음 혹은 자음+모음으로 구성된다고 한글 구성 원리를 설명해 주었다.

수업의 전개 단계에서 한글의 자음과 모음을 차례대로 읽어주고 따라 읽도록 기회를 주었다. 예상외로 학생들은 처음 보는 언어임에도 어려워하지 않고 잘 따라 읽었다. 학생들이 또박또박 큰 소리로 한글의 자음과 모음을 읽는 순간 온몸에 전율이 일었다. 외국인이 한글을 거침없이 읽어 내려가는 소리라니, 감격스러웠다. 한글을 쓰는 원리를 익힐 수 있도록 마치 암호를 해독하는 게임과 같은 활동을 진행했다. 한글 철자와 알파벳을 일대일로 연결한 표를 주고, 몇 가지 한글 단어를 영어 철자를 활용하여 적어보도록 했다. 예를 들어, '사랑'이라는 단어를 'SaLang'과 같이 표기하고 나서 소리 내어 읽어보도록 했다. 전날 학생들을 관찰하고 성향을 파악한 뒤 적극적인 친구가 소극적인 친구를 도와줄 수 있도록 미리 모둠을 구성한 것이 신의 한 수였다. 아이들은 모둠원끼리 상의하면서 한글 단어를 영어로 쓰고 읽어보는 재미에 시간 가는 줄 모르고 푹 빠졌다.

이제 가장 기억에 남을 만한 활동을 시작할 차례였다. BTS의 〈소우주〉라는 노래에서 '사람이란 불, 사람이란 별'이란 부분을 반복적으로 들려주고 영어로 표기하고 노래를 불러보도록 했다. 노래 가사가 '우리는 모두 빛처럼, 별처럼 빛나는 소중한 존재'임을 나타냈다는 설명도 덧붙였다. 한글 쓰는 방법뿐만 아니라 한글에 담긴 아름다운 의미까지 알려줄 때, 나는 단지 한국 문화를 전하는 한국인 교사가 아니라 캐나다 학생들의 스승이 된 기분이었다. 마지막 활동으로 아이들의 이름을 한글로 적은 카드를 나눠주고, 아이들에게 자기 이름을 스스로 찾아보도록 했다. 아이들은 그동안 파악한 한글 읽는 원리를 활용하여 자기 이름을 금방 찾아냈다. 자기 이름을 정성들여 학습지에 적는 모습이 행복해 보였다.

수업의 마무리 단계에서는 수업의 내용을 자신의 삶과 연계하여 내면화할 수 있도록 한글 수업에서 재밌었던 부분과 어려웠던 부분을 물어보았다. 아이들은 어려운 점은 없고 생각보다 한글 읽는 법을 배우기가 쉽고 재밌었다고 말했다. 우리가 떠나기 전 마지막 날 아이들이 준 편지에는 한글로 자신의 이름을 쓴 부분이 여기저기 눈에 띄었다. 아이들에게 우리의 한글 수업이 마중물이 되어 앞으로 살아가면서 한글을 만나면 직접 읽어보고, 나아가 한국 문화에 관심을 가지고 본격적으로 배워보는 계기가 되면 좋겠다.

캐나다 WHAT 수다!

한글 쓰기 수업에서 활용한 학습지　　　　한글을 배운 학생들이 수업 마지막 날 써준 편지

배운다는 건, 가르친다는 건

캐나다에서 수업하기에 앞서 가장 걱정되었던 부분은 영어를 모국어로 사용하지 않는 내가 영어권 국가에서 효과적으로 수업을 진행할 수 있을까 하는 부분이었다. 아이들이 내 말을 경청하지 않으면 어쩌나, 내가 아이들에게 적절한 지시를 하지 못해서 수업이 혼란스러워지면 어쩌나, 여러 가지 고민이 머릿속에 떠올랐다. 어쩌면 이런 고민은 한국 학교에서 늘 하던 수업에 대한 고민과 똑같은 것이었다. 교사들은 늘 수업이 어떤 식으로 전개될지 상상하고, 고민하고, 수정하는 작업을 반복한다.

멀리 한국 땅에서 날아온 나를 호기심 가득 담아 바라봐주는 학생들의 눈빛 덕분에 나의 우려는 눈 녹듯 사라졌다. 내가 한국에서 가르치는 학생들과 비슷한 나이인 열다섯, 열여섯 남짓의 아이들이 한 번도 본 적 없는 나를 교사로서 존중해 주는 모습을 보니 저절로 힘이 났다. 피부색도, 눈동자 색도, 언어도 다른 아이들이었지만, 내가 전달하는 말을 이해하려고 집중하고 질문에 답을 하려고 손을 번쩍번쩍 드는 모습을 보니, '학생은 학생이구나'라는 생각이 들었다. 나에게 전적으로 의지하는 아이들의 모습이 사랑스럽게 느껴지기까지 했다. 그런 아이들에게 저절로 엄마 미소가 지어지고 '역시 이래서 내가 교사가 되었구나'하는 생각이 드는 나는 천생 교사였다.

짧은 시간이었지만 언어가 통하지 않는 학생들을 만나 지도하면서, 가르침과 배움의 의미를 새로운 시각에서 바라보고 깨달을 수 있었다. 가르치는 일은 학생을 인격적으로 만나고 학생의 성장 가능성을 발견하는 일이었고, 배우는 일은 선생님을 믿고 의지하며 미지의 세계로 초대되어 새로운 자신을 발견하는 일이었다. 나는 한국에서는 영어라는 새로운 세계로 아이들을 데려갔지만, 캐나다에서는 한국어라는 새로운 세계로 아이들을 초대했다. 마치 나를 믿고 내 손을 잡은 아이들을 데리고 네버랜드로 날아가는 피터팬이 된 기분이었다. 내가 가르치는 일을 얼마나 좋아하는지, 누군가에게 새로움을 가르친다는 건 얼마나 매력적인 일인지 다시 한번 몸으로 깨닫는 소중한 시간이었다.

아이들의 손을 잡고 한국어라는 새로운 세계로

자유분방함을 안고
학교에서 살아간다는 것

캐나다에서 느끼고 배운 것들이 모두 사라지기 전인 10월, 연수 결과를 공유하는 워크숍을 가졌다. 나는 워크숍을 하기 전부터 걱정이 되었다. 당시 내 인생에 커다란 부분을 차지했던 캐나다 연수가 워크숍을 기점으로 마침표를 찍는 것이 못내 아쉬웠다. 북아메리카 땅의 광활한 크기만큼이나 자유롭고 행복했던 기억이 한여름 밤의 꿈처럼 사라져 버리는 것이 두려웠다. 캐나다에서 보낸 시간이 강렬했던 만큼 다시 나의 일터인 한국 학교로 돌아와 지독한 후유증을 겪었다.

나의 신규 시절을 돌이켜보면 처음부터 교직에 적합한 교사는 아니었다. 요즘 MZ세대 선생님들을 보면 깜짝 놀랄 때가 많다. 나이에 비해 성숙한 고민들, 아이들과 적절한 선을 지키는 센스, 수업에서 아무렇지도 않게 에듀테크 기술을 활용하는 모습들. 나의 과거를 떠올리면 부끄러움 그 자체인데, 요즘 선생님들은 내가 10년 이상 지나서야 장착한 교사의 자질을 이미 갖추고 교직에 입문한 사람들 같다. 과연 나는 교직에 들어온 이후 얼마나 교사의 자질을 갖추었을까? 교사는 학교에서 어떻게 행동해야 하는지, 수업은 어떻게 해야 효과적인지, 아이들을 어떻게 대해야 올바른 것인지, 아이들은 내게 어떤 의미인지, 아이들에게 나는 어떤 교사인지 등 교직 생활은 한 해 한 해가 나만의 기준을 세우는 과정이었다. 그리고 그런 시간을 통해 나를 이해하고 나만의 가치관을 세우게 되었다고 믿었다. 어쩌면 딱딱한 교직 문화에 나를 맞추고 적응하는 시간이었는지도 모른다.

그런 내가 캐나다에 다녀와서는 다시 혼란스러운 시간을 겪었다. 캐나다 사람들의 자유분방함, 삶을 그 자체로 즐기는 모습을 보면서 내가 옳다고 믿었던 가치관들이 흔들림을 느꼈다. 커다란 자유로움 속에 던져져 있다가 갑자기 틀에 박힌 좁은 교직 사회로 돌아온 나는 참을 수 없는 답답함을 느꼈다. 짧은 3주간의 경험이 뭐가 그리 대단하냐고 반문하는 사람도 있겠지만, 당시 내가 느낀 감정은 '우울감'이었다. 좀 더 정확히 표현하자면, '솔직할 수 없어서 오는 답답함'이었다. 좋아도 마음껏 좋아할 수 없고, 싫어도 마음껏 싫어할 수 없는 곳이 학교라는 생각이 들었다.

한국 사회는 매우 경직되어 있다. 특히 학교라는 사회는 더욱 그렇다. 내가 학생일 때 겪었던 학교는 '학교는 딱딱하고 답답한 곳'이라는 고정관념을 만들었다. 학교에서 선생님들로부터 인격적으로 존중받지 못했고, 체벌받았고, 차별받았다. 아무렇지도 않게 폭력을 정당화하고, 특정한 생각을 강요받았던 시절에 학생이었던 내가 교사가 되어 다시 학교라는 공간에 서 있다. 2011년 이후 학생 인권에 대한 인식이 확산되면서 학교 문화를 개선하라고 요구받는 선생님들 역시 그 시절 강압적인 문화의 피해자라는 사실이 서글프다.

요즘 학교 선생님들은 누구나 솔직해질 수 없다. 있는 그대로의 감정을 드러내서는 안 된다. 민원을 받을까 두려워 예쁜 아이를 예뻐할 수도 없고, 불편한 이야기를 하는 학부모에게 불편한 감정을 드러낼 수도 없다. 다른 선생님에게 피해를 줄까 두려워 아파도 아프다고 말할 수 없고, 힘들어도 힘들다고 말할 수 없다. 아무리 몸과 마음이 불편해도 아이들을 돌봐야 한다는 책임감 때문에 스스로 아픔을 외면한다. 교사 개인의 인권을 존중받고 싶지만 다른 사람의 인권을 위해 모든 것을 감내해야 하는 현실, 그것이 지금의 대한민국 교사들이 겪어야 하는 이중성이다.

캐나다에서 돌아온 나는 그 현실과 이상의 괴리로 아팠다. 처음 교직에 입문했을 때 느꼈던 그 답답함이 다시 한번 반복되는 기분이었다. 캐나다에서처럼 있는 그대로 나를 드러내는 행동은 교직 사회에 어울리지 않는 것이었다. 기쁜 일에 환호조차 할 수 없는, 그런 나의 솔직함을 캐나다에서처럼 포용해 줄 사람은 없다는, 그 외로움과 답답함이 나를 옭아매고 있었다. 이러한 감정은 하루 이틀 사이에 형성된 것은 아니었다. 십여 년의 교직 생활 동안 숱하게 상처받으면서, 어느 선까지가 나를 지켜줄 수 있는지를 판단하게 되었을 것이다. 그리고 그 틀에 맞게 내 행동을 조정하고 살고 있었을 것이다. 주어진 현실에 순응하는 삶을 살아왔지만 그게 전부는 아니라는 생각이 고개를 들었다. 나는 인간으로 태어났지, 교사로 태어나지 않았다. 나는 감정을 가진 사람이지, 아이들을 가르치는 기계가 아니다. 나도 시시각각 변하는 감정을 가진 사람이다.

캐나다에서 연수를 듣는 중에 참여한 모든 선생님이 울었던 날이 있었다. 바로 조 선생님의 한국 교사로서 겪은 자기 경험과 감정을 밝히는 수업이었다. 이미 자신의 아픔을 건드리는 순간에 눈물을 흘리는 선생님들이 있었지만, 나는 무덤덤했다. 자유분방함을 숨기고 누구보다 치열하게 교직에 적응하려 애썼던 나는, 어느새 감정에 무던한 사람이 되어있었다. 선생님들이 울음을 터뜨리는 순간에도 나는 아무렇지 않게 질문에 따라 O 또는 X로 이동했다. 그러나 나도 울음을 피할 수 없었던 질문이 있었으니, 바로 '나는 그럼에도 불구하고 다시 교사가 될 것인가?'라는 질문이었다. 비록 상처받는 순간이 있었지만, 나는 다시 교사가 될 것이다. 내가 사랑하는 아이들을 떠올리면 두 번 생각할 여지가 없었다. 아무리 힘들어도 나는 교사가 되고 싶다. 그만큼 나는 나의 직업과 아이들을 사랑한다.

나의 자아를 다시 만나는 시간

'괜찮아.' (It's Okay.)

교사로서 자아를 고민했던 만큼이나 치열하게 고민했던 자아가 바로 '엄마'로서의 자아였다. 연수 마지막 주에 캐나다 교육에 대해 선생님들의 브리핑을 듣다가, 울음이 왈칵 터졌던 순간은 제니 선생님의 '엄마 페르소나'에 대한 이야기를 듣는 순간이었다. 교사로서 고군분투했던 시간만큼이나 치열하게, 나는 엄마로서 멋지게 살기 위해 고민하고 노력했다. 좋은 엄마가 되기 위해, 나라는 사람의 감정과 욕구는 뒤로 미뤄두고 살아왔다. 그런 나의 고민을 '페르소나'(가면)라는 말로 풀어낸 제니 선생님의 말에 나는 참아왔던 눈물과 감정을 터뜨렸다. 한국 선생님들이 오열하는 모습에 아마 캐나다 현지 강사였던 리사와 태라도 놀랐을 것이다. 그러나 그들은 '울지 마. (Don't cry.)'라고 말하지 않았다. 한국 사람들의 '울지마'라는 위로와 상반되게, 그들은 '괜찮아. (It's Okay.)'라고 말했다. 마음껏 울어도 좋다며 우리를 따뜻하게 안아주었다. 그날 나는 내가 얼마나 많은 가면 속에, 얼마나 많은 기대 속에, 얼마나 많은 지켜야 할 선 속에 갇혀 살아왔는지 깨달을 수 있었다.

캐나다와 한국에서의 온도 차이를 겪은 지도 어느새 1년의 세월이 흘렀다. 내가 느낀 자유분방함과 고민이 무엇이었든지 간에, 나는 다시 한국에서 교사로서 적응하며 살아가고 있다. 언제 그런 고민을 했었냐는 듯, 사람들에게 나의 감정을 철저히 숨긴 채 살아가고 있다. 어른으로서, 부모로서, 교사로서, 영어 교사로서 페르소나를 쓰고 나를 숨기며 살아가는 삶이 때론 힘들기도 하다. 그러나 나의 아픔을 누군가에게 이해받았던 순간이 있다는 것만으로도 나는 약간의 해방감을 느낀다. 우리는 어쩌면 그런 순간을 기다리고 있었던 것은 아닐까. 누구나 사회에서 기대하는 이미지에 맞게 살아야 함을 알고 있지만, 누구나 한 번쯤은 이해받고 싶었던 것은 아닐까.

모든 감정을 이해받을 수 없다는 것은 나도 잘 알고 있다. 나는 그럴 나이도, 그런 사회적 위치에 있는 사람도 아니다. 그렇지만 나 자신으로 온전히 살 수 있었던 캐나다에서의 기억은 나를 숨 쉬게 해준다. 그리고 언제든 교사로서, 엄마로서, 어른으로서 힘든 순간이 올 때마다 그때의 기억을 떠올리며 힘을 내보려 한다. 내가 얼마나 자유로움을 가진 사람인지, 내가 얼마나 많은 꿈을 꿀 수 있는 사람인지, 내가 얼마나 순수하고 여린 사람인지, 얼마나 사랑스럽고 보호받아야 할 사람인지, 나 자신은 잘 알고 있기 때문이다.

우리의 멘토였던 태라, 리사와 함께

캐나다 맛집 투어 top 3

하나의 언어를 배운다는 것은 하나의 세계관을 배우는 것이다. 그 언어가 사용되는 나라의 문화를 받아들이는 일이기도 하다. 학생들이 영어를 배워서 시험만 잘 보는 것은 의미가 없다. 아무리 수업 시간에 영어를 잘한다고 하더라도, 정작 영어를 사용해야 하는 상황에 대한 이해가 부족하다면 죽은 지식이나 다름없다. 다른 나라의 문화를 열린 마음으로 받아들이지 못하고, 나와 다르다는 이유로 색안경을 끼고 본다면 외국인과의 의사소통 수단으로서 영어를 배운 의미가 없지 않을까? 영어를 유창하게 하는 일보다 중요한 것은 영어로 소통해야 하는 상황에서 나와 다른 문화적 맥락을 이해하고 받아들이는 일이다.

학생들의 문화감수성을 높이기 위해 다른 나라의 문화를 영어로 소개하는 수업을 자주 한다. 어떤 나라의 어떤 문화를 소개할지는 학생들이 선택하도록 한다. 아이들에게 선택권이 주어졌을 때, 아이들은 자신의 흥미를 반영할 수 있고 그만큼 과제에 대한 자발성과 주도성을 가질 수 있다. 아이들은 프랑스의 역사, 미국의 대통령, 일본의 의상, 독일의 건축물, 뉴질랜드의 자연환경 등 자신이 평소에 관심 있던 주제를 골랐다. 다양한 문화를 소개하는 포스터를 만든 다음에는 친구들과 발표를 통해 공유했다. 각양각색의 다양한 주제 중에서 학생들에게 단연 인기 있는 주제는 바로 각 나라의 음식이다. 한국은 비빔밥, 일본은 스시, 베트남은 쌀국수처럼 대표 음식이 하나쯤은 있는 다른 나라들과 달리, 캐나다는 이렇다 할 대표 음식이 떠오르지 않는다. 이민자들로 이루어진 사회인만큼 오랜 역사를 가진 전통음식이 없는 탓이다. 그럼에도 검색의 신인 우리 아이들이 찾아낸 캐나다의 대표 음식이 있었으니, 바로 푸틴이었다. 푸틴을 검색해서 발표한 아이는 있었지만, 안타깝게도 푸틴을 먹어본 학생은 없었다. 그레이비 소스를 곁들인 감자튀김 요리를 어떻게든 상상해 보았지만, 어떤 맛일지 도무지 감이 잡히지 않았다.

top 1. 푸틴

캐나다로 연수를 떠나면서 꼭 푸틴을 먹어보리라 다짐했다. 그런데 내가 지냈던 토론토에는 쇼핑몰에 있는 체인점 형식의 음식점에서만 푸틴을 팔았고, 푸틴 맛집이라고 할 만한 곳이 없었다. 아쉬운 대로 아무 곳에라도 들어가 푸틴을 먹어보고 아이들에게 맛의 후기를 들려줘야겠다고 생각했다. 그러던 중 문화교류 차원으로 탐방한 몬트리올에 푸틴 맛집이 있다는 것을 알게 되었다. 'La Banquise'라는 이름의 이 푸틴 식당은 평소에도 줄

을 서서 먹어야 하는 곳이었다. 식당 안에서 먹으려면 기다려야 하는 시간
이 길어서 같이 갔던 일행들과 포장해서 근처 벤치에서 먹기로 했다. 푸틴
은 감자튀김에 그레이비 소스를 뿌린 음식으로, 취향에 따라 다양한 토핑
을 올려 먹을 수 있다. 우린 치즈 토핑과 아보카도 토핑을 골라 주문했다.

　길 건너 벤치에 쭈그려 앉아서 먹는 푸틴 맛은 그야말로 예술이었다. 내
가 예상했던 느끼한 맛이 아니었다. 어디서 많이 먹어본 맛인데 하면서 머
릿속 회로를 돌려보다가 유사한 음식을 생각해 냈다. 바로 '고구마 맛탕'이
다. 바삭한 감자튀김에 걸쭉하고 달콤한 그레이비 소스를 뿌린 푸틴은 바
삭한 식감을 잃고 촉촉하고 부드러운 맛이 되었다. 마치 바삭하게 튀긴 고
구마에 조청이나 꿀을 얹은 맛탕과 같은 맛이었다. 배도 고팠고, 해외에서
줄까지 서서 먹는 맛집 음식이다 보니, 우리는 잊을 수 없는 푸틴을 맛보게
되었다. 그 와중에도 한국에 돌아가면 꼭 이 푸틴 사진을 보여주면서 해외
문화를 소개하는 수업과 수행평가를 해야지, 그리고 우리나라의 유사한 문
화를 찾아보도록 해야지 다짐했다. 마치 푸틴과 맛탕이 한 팀인 것처럼, 한
국의 첨성대를 소개하면서 영국의 그리니치 천문대를 연결하는 식으로 아
이들이 문화의 상대성과 함께 보편성을 생각해 보길 바랐다.

캐나다의 대표 음식인 푸틴 맛집 'La Banquise'

top 2. 베이글

　푸틴을 먹고 다음으로 이동한 곳은 몬트리올에서 유명한 베이글 집이었다. 'St. Viateur Bagel'이라는 곳인데 1957년부터 유지해 왔다고 하니 70년 가까운 전통을 지닌 곳이었다. 베이글에 올리는 토핑이 참깨, 시나몬, 로즈메리와 소금, 블루베리, 메이플 애플 등 다양한 것도 특이한 점이지만, 만드는 방법이 일반적인 베이글과 달랐다. 베이글 만드는 과정을 옆에서 내내 지켜보니, 밀가루 반죽을 동그란 모양으로 만든 뒤 꿀물에 담갔다가 화덕에 굽는 식이었다. 한국에서 먹던 베이글보다 더 촉촉하고 쫄깃한 것이 특징이었다. 요즘 수제 베이글을 파는 집이 한국에서도 인기가 많은데, 멀리 캐나다까지 날아와서 원조 베이글 집을 방문하니 감개무량했다.

몬트리올의 베이글 맛집 'St. Viateur Bagel'

top 3. 비버테일즈

캐나다 하면 떠오르는 또 다른 대표 음식은 비버테일즈(Beaver Tails)라는 디저트이다. 캐나다에서는 여기저기 비버 인형과 비버 그림이 그려진 옷들을 발견할 수 있었다. 비버의 꼬리처럼 넓적한 빵 모양이 특징인 Beaver Tails 역시 다양한 토핑을 선택해서 먹을 수 있었다. 가는 곳마다 Beaver Tails 체인점을 찾을 수 있었지만, 나는 토론토 워터프론트 항구 앞에서 먹었다. 여럿이 함께였기에 다양한 토핑을 조금씩 맛볼 수 있었다. 달콤한 토핑과 바삭한 빵이 어우러져 기름진 음식을 먹은 이후에 디저트로 손색이 없었다. 우리나라에도 잠시 들어와서 판매되었던 것으로 기억하는데, 캐나다 현지에서 먹는 만큼 더 맛있게 느껴졌다.

Beaver Tails만큼 캐나다에서 흔하게 찾을 수 있는 곳이 바로 캐나다 현지 커피 체인점인 'Tim Holtons'이다. 처음 현지 학교에 프랙티컴을 갔던 날, 그리고 처음 러닝센터에 연수를 들으러 갔던 날에 캐나다 현지 선생님들은 팀홀튼스 커피와 도넛을 준비해서 우리를 맞이해주셨다. 마치 캐나다의 국민 간식 같은 느낌이었다. 아메리카노 커피와 아기자기하게 귀여운 도넛들은 새로운 환경에서 고군분투하는 떨리는 마음을 진정시켜 주기에 충분했다. 멀리 타국에서 날아온 우리를 위해 정성껏 준비해 준 캐나다 선생님들의 넉넉한 인심이 느껴졌다.

캐나다에 머무는 동안 우연히 들린 또 다른 맛집이 있는데 이름도 특이한 'Chick-fil-A'이다. 칙폴레라는 다른 레스토랑에서 이름을 살짝 바꾼 느낌의 이곳은 치킨을 베이스로 한 버거 가게였다. 나를 이곳으로 인도해 준 하 선생님의 증언에 의하면 이곳에서 파는 감자튀김을 먹는 영상이 해외에서 큰 인기를 끌어 너도나도 줄을 서서 먹어야 하는 맛집이라고 했다. 토론토 시내에 갔다가 돌아오는 길에 우연히 발견한 이곳에서 치킨버거와 독특한 모양의 감자튀김을 주문할 수 있었다. 감자튀김의 모양이 마치 벌집을 연상시키는 모양이었고, 찍어 먹을 소스를 여러 개 중에서 고를 수 있는 점이 특이했다.

캐나다 곳곳에서 발견한 비버테일즈

소비자의 취향을 존중하는 커스터마이징 푸드

그러고 보니 캐나다의 대표 음식인 푸틴, 베이글, 비버테일즈, 칙필에이까지 모두 소비자가 직접 맛을 고를 수 있는 커스터마이징이 공통점이다. 소비자의 취향을 존중하는 맞춤형 서비스는 이미 캐나다에서는 일반화되어 있었다. 일괄적으로 똑같은 맛을 제공하는 것이 아니라 자신이 원하는 맛을 직접 고를 수 있는 것이 캐나다의 다양성을 존중하는 문화를 그대로 반영하고 있다는 생각이 든다. 캐나다의 이웃 나라인 미국에 처음 방문했을 때, 햄버거에 들어갈 토핑과 소스를 고르라는 점원의 말에 당황했던 기억이 떠오른다. 너무 빠른 점원의 말 속도도 당황스러웠지만, 내게 맛을 고르라는 주문은 더욱 당황스러웠다. 이전에는 한 번도 음식점에서 내가 먹을 토핑을 골라본 적이 없었다. 그만큼 우리는 획일화된 세상 속에 살고 있던 게 아닐까.

이미 강남역에 들어와 있는 팀홀튼스 커피와 'Five Guys' 햄버거집을 볼 때마다 3주간 머물렀던 캐나다에 대한 향수에 젖곤 한다. 겨우 3주간 머무른 나라에 대해서도 이렇게 특별한 애착이 드는데, 오랜 기간 다른 나라에 살다 온 이민자들은 얼마나 향수가 짙을까. 한 나라의 문화를 오롯이 받아들인다는 것은 이런 의미가 아닐까. 감히 그들의 마음과 삶을 이해할 순 없지만, 어렴풋이 상상할 수 있을 것 같다. 내가 맛본 다양한 음식들의 맛처럼, 다양한 사람들의 입장과 생각을 존중할 수 있는 넉넉한 사람이 되고 싶다.

Equity

: 차이를 메꿔주는 공평의 힘

한지연(Joy쌤)

CHAPTER 2

1

대한민국의 교육,
그럼에도 불구하고

인문계 고등학교에 첫 발령을 받고 정신없이 신규 시절을 보낸 후 두 번째 학교로 이동해서까지 나는 대부분 고등학교 3학년 담임을 맡았다. 그래서인지 어떤 의미에서는 우리나라 교육계의 현실을 속속들이 경험해 보지 못했던 것 같다. 대입이 12년 공교육의 목표이자 정점이 되어버린 우리나라 현실에서 어쩌면 고3은 나머지 교육계와는 동떨어져 있다. 나의 학생들은 성적과 진로에 맞는 대학을 찾기 위해 남은 고등학교 시절에 최선을 다해 공부했고 담임인 나에게 의지했다. 아무리 사교육의 역할이 커졌다 하더라도 대부분의 학생들은 이렇게 중요한 시기가 되면 담임 교사의 도움과 지도를 절실히 필요로 한다. 또 교사들은 기본적으로 학생들을 아끼고 어떤 아이들이든지 잘되기를 바라기에 최선을 다해 학생이 좋은 대학교를 찾아갈 수 있도록 발 벗고 나서서 공부하고 검색하고 지도한다. 그러다 보니 학부모들도 교사들의 조언을 구하고 그들의 헌신에 고마워하는 경우가 많았다.

하지만 3년 전 다른 지역으로 이사를 하게 되면서 생각지 않게 중학교로 발령이 났다. 북한이 무서워서 못 쳐들어온다는 중2라는 말을 들어봤지만 우스갯소리로 여겼었다. 떠올려보면 나 역시 험난한 사춘기를 보냈었다. 엄마의 말에 예민하게 반응하고 방문을 쾅 닫고 들어가 버리곤 했고 라디오를 들으며 괜스레 눈물을 흘렸고 또래 친구들과 별것도 아닌 일로 다투기도 했다. 하지만 나의 질풍노도는 대부분 가정 안에서였던 것 같다. 선생님들과 다른 어른들에게 함부로 하지 않았다. 그렇게 했다가는 부모님의 엄한 꾸중을 면치 못했을 것이다. 하지만 현시대의 중학생을 가르치며 나는 인생에서 그 어느 때보다 인내심을 가져야 했다. 아직 어린 친구들이기에 인내하고 이해하며 최대한 부드럽게 가르쳐주고 알려주려고 노력한다. 하지만 교사 역시 사람이고 감정이 있기에 어린 친구들의 거친 표현이나 나를 함부로 하는 행동들을 경험하면서 점점 지쳐갔다. 말 한마디 잘못하는 순간에는 학부모의 민원이나 관리자의 질책을 받아내야 하기도 했다. 더 잘 해내지 못하는 자신을 자책하기를 수백 번 수천 번. 교사로서의 보람은 사라져갔고 더 이상 아이들을 지도하기가 무서워져 아이들의 잘못을 못 본척하기도 했다. 우리 사회 전반에 걸쳐 더 이상 교육이라는 말로 다스리기에는 선을 넘어서는 청소년 범죄가 만연하다. 사회와 가정 안에서부터 곪아 터져 나온 돌봄과 인성교육의 부재는 학교에서 교사들의 지도를 무능화시켰고 심지어 최전선에서 버티고 있는 교사들을 공격하고 공교육의 붕괴를 가져오는 데에 이르렀다.

그러던 중 영어 교사들을 대상으로 하는 영어 심화 연수 프로그램을 신청하게 되었다. 큰 기대 없이 신청한 연수였기에 처음에는 심화 연수가 나의 교직 생활 안팎으로 이토록 큰 영향이 될 거라고는 생각하지 못했었다. 이전과 동일하게 학교 업무와 수업을 감당해야 했고, 퇴근 후에 온라인으로 수업을 듣고 조 모임을 하고 과제를 해야 했다. 쉴 시간은 더 없어졌고 몸은 더 힘들어졌음에도 불구하고 나와 비슷한 일을 겪고 있는 사람들과 함께 삶을 나누고 서로 격려하고 위로하는 그 연대감이 점차 힘을 주었다. 또 새로운 영어 교수법과 기술을 배워서 좀 더 잘 가르칠 수 있게 되면 나의 교실과 학교가 달라질 수 있을 것이라는 막연한 기대감이 마음을 북돋아 주었다. 해당 프로그램은 국내에서 세 달간의 블렌디드^(온오프라인 혼합) 교육 후 여름방학 동안 캐나다 국외연수를 진행하였다. 국외연수는 3주간의 기간 동안 캐나다 교육 시스템에 대한 수업을 듣고 우리 문화를 캐나다 고등학생들에게 가르치는 실습 과정이 포함되어 있었다.

캐나다 교육의 가장 특징적인 점은 다민족으로 구성된 학생들에게 서로 다른 문화에 대한 관심과 존중의 태도를 가르친다는 것이었다. 또한 공동체를 강조하며 공동체의 일원으로 사회적 약자에 대해 도움을 제공하는 것이 평등의 올바른 모습이라는 점을 반복해서 가르친다. 뿐만 아니라 교사가 온전히 학생들의 교육에 집중할 수 있도록 하는 행정 시스템들이 잘 정착되어 있었다. 캐나다 교육에 대해 배워갈수록 따뜻함이 느껴져서 보고 듣는 것만으로도 마음에 힐링이 되었다.

경기도 초중등 심화영어연수 과정 중
캐나다 국외연수 수료식1

경기도 초중등 심화영어연수 과정 중
캐나다 국외연수 수료식2

라인 게임으로 느낀 '우리'

프로그램 막바지에 이르러 프로그램을 통해 배운 점에 대한 조별 프레젠테이션을 하게 되었다. 우리 조는 <프리덤 라이터스 다이어리(Freedom Writers Diary)>라는 영화에 등장했던 <라인 게임(Line Game)>을 진행했다. 영화에서는 한 교사가 어려운 환경에 사는 학생들에게 가벼운 질문에서 점차 심도 있는 일련의 질문을 던지면서 특정 경험을 해 본 친구들에게 선을 향해 한 발짝 다가갔다가 자기 자리로 돌아가도록 한다. 이 과정에서 어려운 경험을 한 것이 자신만이 아님을 보여주며 학생들이 마음을 열고 서로 위로를 주고받을 수 있도록 한다.

우리는 프로그램에 참여한 중등 영어 교사들을 대상으로 라인 게임을 진행하였다. 교실 한중간에 긴 선을 그리고 가벼운 질문부터 시작하였다. '학생들에게 첫사랑 이야기를 들려줘 본 적이 있는가?', '아이들 이름을 잘못 불러본 적이 있는가?' 대부분의 선생님이 웃으며 선 가까이에 다가와 섰다.

진행하시는 선생님의 중후한 목소리가 다음 질문으로 이어졌다. '학생들에게 욕설을 들어본 적이 있는가?' 선생님들은 쭈뼛쭈뼛 선 앞으로 다가섰다가 제자리로 돌아왔다. 분위기가 무거워졌다. '학생들로부터 신체적, 정신적, 심지어 성적인 폭력을 당한 적이 있는가?' 정적이 흘렀다. 몇몇 선생님들이 용기 내어 선으로 다가가 섰다.

'교사로서 무기력하거나 보호받지 못한다고 느낀 적이 있는가?', '그러다 학생들 앞에서 눈물이 터진 적이 있는가?', '교사가 된 것을 후회한 적이 있는가?', '진지하게 교직을 그만두는 것을 고민해 본 적이 있는가?' 생각보다 많은 선생님이 이러한 일들을 경험해 보았다고 답했다. 가벼운 마음으로 시작했던 활동이었지만 나만이 겪고 있는 일이 아니었다는 위로와 안도감, 속상함과 같은 복합적인 감정들로 눈물이 터져 나오는 것을 멈출 수가 없었다. 너무나 다행히도 위와 같은 경험을 해 보지 않은 선생님들은 안타까움에 눈물지었다. 특별한 무엇을 한 것도 아니었고 깊은 속마음을 나눈 것도 아니었지만, 비슷한 경험을 했다고 선을 향해 한 발짝 다가선 작은 행위로 이토록 큰 위로를 받을 수 있다는 것이 놀라웠다. 그리고 마지막 질문. '그럼에도 불구하고 아직도 아이들을 사랑하고 돕고 싶은가?' 한참을 서성이던 선생님들은 결국 거의 모두 다 선을 향해 한 발짝 다가섰다.

캐나다에 머무는 동안 한국에서는 학부모의 민원으로 시달림을 받아 자살한 교사들이 생겨났다. 소식을 듣고 너무 가슴이 아파 한동안 멍하니 아무것도 할 수 없었다. 나의 교사 생활이 비교적 평탄했던 시절에는 알지 못했던 많은 교사들의 어려움은 결국 나도 겪을 수 있는 일이었고 우리나라의 안타까운 현실이었다. 그분들에게도 이렇게 삶을 나눌 수 있는 공동체와 연대감이 있었다면 그렇게 무력하게 떠나지 않아도 되었을지도 모르겠다. 교사가 건강해야 폭풍 속의 아이들을 좀 더 잘 받아주고 지도할 수 있다. 교사가 건강할 수 있도록 모든 교사들을 대상으로 하는 프로그램과 공동체 활동이 더 많이 필요하다. 그 안에서 아픔을 나누고 위로받을 수 있도록 해야 한다. 무엇보다 그에 앞서 교사들이 안전한 환경에서 학생들을 지도하고 교육할 수 있도록 교사를 보호하는 시스템을 구축해야 한다. 그것이 교사들도 살고 아이들도 살며, 나아가 이 사회가 사는 길 아니겠는가?

캐나다 국외연수 조별 프레젠테이션 Line Game 장면

안전한 교육환경,
더 나은 내일을 향해

　우리는 캐나다 토론토 바로 옆에 있는 미시소거라는 도시를 방문했다. '파더 게츠 중등학교(Father Goetz Secondary School)'라는 고등학교로 출근하여 일주일 동안 수업을 참관하고 한국 문화를 주제로 하여 수업하기도 했다. 교육경력이 올해로 10년 차인데도 캐나다 학생들을 마주하는 것은 심장이 터질 듯이 떨렸다. 수년 전 병아리 교육학도로서 한 중학교에서 교생 실습했던 기억이 스쳐 지나가기도 했다. 모든 것이 새롭고 어색했다. 무거운 발걸음을 옮겨 배정받은 교실로 걷기 시작했다. 캐나다는 우리나라처럼 담임 교사 시스템이 아니고 교과 교실제라 대학생들처럼 학생 본인의 시간표에 맞춰 해당 교실로 이동한다. 담임 교사 대신 상담교사를 두고 학생들은 진로에 대해 상담하거나 때에 따라 교장, 교감 선생님과 이야기를 나누고 지도받는다고 한다. 캐나다 국가 특성상 이민자들이 많고, 해당 학교에도 대부분이 다문화 배경을 지닌 학생들로 구성되어 있음에도 불구하고 한국 교사들의 단체 방문은 지나가는 학생들의 시선을 끌기에 충분했다. 아직 16~18살의 어린 친구들인데도 나는 그 시선들이 부끄러워 고개를 들지 못했다. 캐나다 학생들은 넷플릭스 미국 드라마에서 본 고등학교 모습과 매우 흡사했다. 무척이나 자유분방한 옷차림을 하고 복도에 줄지어 세워져 있는 락커에서 책을 꺼냈다. 마치 미드 속으로 들어온 것만 같았다.

두 명의 교사가 한 팀이 되어서 한 교실로 배정받아 이동하였다. 담당 선생님께 인사하고 어색하지만, 학생들을 맞이한 후 구석에 앉아 수업을 참관하였다. 우리가 참관하게 된 수업은 시민교육이었다. 캐나다 고등학교는 졸업하기 위해서 필수로 수강해야 하는 교과들이 있었다. 바로 시민교육, 진로교육과 같은 과목들이다. 캐나다 교육은 학생들을 다양한 사람들과 어우러져 공존할 수 있는 교양 있는 시민으로 성장시키는 데에 중점을 두고 있었다. 수업도 다양성과 존중, 배려와 같은 가치들을 가르치고 있었다. 또한 지역사회에서 일정 시간 이상의 봉사활동을 의무적으로 이수하도록 해서 봉사와 섬김을 가르친다고 한다. 약자들을 도와 그들의 부족한 부분을 채우는 것이 '진정한 의미의 평등'이라는 관점을 설명할 때는 몸에 닭살이 돋을 정도로 감동을 받았다. 서구 문화는 개인의 가치만을 중요시할 것이라는 나의 예상을 뒤엎었다.

디귿자 자리 배치 후 보다 활기찬 분위기의 수업 장면

개인주의는 공동체를 향한 존중

개인주의와 이기주의는 다른 것이었다. 캐나다 교육은 개인의 가치관과 의견, 서로의 차이를 존중하기 위해서 오히려 공동체를 더 중시하는 교육이었다. 우리나라도 분명 정과 공동체를 중시하는 문화라고들 말하는데, 솔직히 말하면 내가 기억할 수 있는 한 우리나라의 공동체 의식은 학창 시절 도덕책에서 본 조선시대의 두레, 품앗이 정도이다. 경제발전이 가속화되면서부터일까, 타인을 과도하게 의식하는 유교의 부정적인 측면 때문일까. 물질만능주의와 자기 자신과 우리 가족만을 중시하는 이기심이 팽배하고 서로 비교하고 경쟁하는 사회가 되었다. 그러다 보니 우리의 교육도 성공을 위한 발판으로서 대학입시만을 중시하게 된 것 같다. 그리고 학교에서 아무리 공동체를 위하는 인성교육을 한다고 해도 얕은 수준의 것이고 학부모들의 요구 자체도 대학입시와 시험을 위한 준비이다 보니 우리의 인성교육은 부족하기 짝이 없다. 학생들은 학교 교육보다 사교육에 의지하기 일쑤다. 학생들이 학교 수업을 듣지 않고 수업 시간에 학원 숙제를 하고 있어 이에 대해 지도해야 하는 경우도 심심치 않게 있다. 전반적인 사회 분위기 자체가 더 좋은 대학에 가고 더 좋은 직업을 구하며 더 많은 돈을 버는 물질만능주의에 물들어 있는 이상 공교육에 힘이 있을까 싶기도 하다.

하지만 모든 것은 한 걸음부터임을 안다. 내가 이렇게 캐나다 교육을 접하고 공동체와 평등에 대한 인식을 새롭게 하게 된 데에는 이유가 있지 않을까. 달라질 것이 있을까 하는 무기력한 마음을 다잡고 다시 한번 공동체 교육, 곧 존중, 배려, 다양성, 평등에 대해 우리 아이들에게 가르치겠다고 다짐해 본다. 계란으로 바위 치기일지라도 내가 만나는 아이들 중 단 몇 명이라도 진정한 평등의 의미를 깨닫고 주변의 약자에게 손 내밀 수 있는 어른들로 자란다면 그들이 속한 공동체만큼은 따뜻해질 것이 아닌가.

캐나다 학교에서 수업을 참관하던 중 한 학생이 수업 중 휴대폰을 사용하였다. 해당 학교는 학교에서 휴대폰을 소지할 수 있지만 수업 시간에 꺼내서는 안 된다는 규칙이 있었다. 선생님이 지적하였으나 학생은 말을 듣지 않고 계속해서 휴대폰을 사용하였다. 캐나다 학생들도 선생님 말을 안 듣기도 하는구나, 신기했다. 사실 이 시기의 학생들이 교사의 지시를 잘 따르는 것이 신기한 일일지도 모르겠다. 내가 근무하는 중학교의 경우에는 이런 상황을 방지하기 위하여 학생들이 등교하면 먼저 휴대폰을 걷어 휴대폰 가방을 교무실로 가져온다. 그것이 인권침해라고 해서 휴대폰을 걷지 않는 학교도 있다고 들었다. 개인적으로는 휴대폰으로 잠식된 현대 사회에서 잠시 휴대폰을 강제로나마 걷어가 사람 간의 상호작용을 촉진하고, 때로는 내면에서 사고할 수 있는 시간을 준다는 점에서 필요한 조치라고 생각한다.

해당 학생을 통제하기가 어렵다고 느낀 캐나다 교사는 교실 벽면에 비치된 전화기를 이용하여 학교장에게 전화를 걸었다. 학생은 바로 교장실로 보내졌고 교장 선생님과 면담을 한 후 돌아왔다. 교실로 돌아왔을 때 학생의 행동은 완전히 달라져 있었다. 당연히 휴대폰은 책상 서랍 속으로 들어갔다. '교장 선생님께서 대체 무슨 얘기를 했길래 아이가 저토록 달라졌을까?' 그 비결이 궁금했다. 캐나다는 관리자들이 교사와 학생들이 수업에 집중할 수 있도록 학생들의 훈육에 크게 관여하고 있다. 또한 학교 내에는 모든 행정업무를 처리하는 교학처가 있다. 학생과 학부모는 출결이나 불만 사항을 포함한 모든 행정 관련 사항에 대해 교학처로 연락한다. 학부모와 교사의 연락은 부당한 평가 및 다양한 범죄를 유발할 수 있기에 엄격히 금한다고 한다. 그러다 보니 우리나라처럼 학부모와 교사가 직접적으로 연락하는 경우는 잘 없고 학생의 상태가 좋지 않을 경우에만 상담을 목적으로 교사가 학부모에게 연락을 취할 수 있다고 한다. 아무래도 행정업무가 경감된다면, 교사들은 학생들의 교육에만 집중할 수 있고 아이들을 한 명

한 명 더 잘 관찰할 수 있기에 아이들을 더 잘 돌보고 교육할 수 있을 것이다. 우리나라도 행정업무와 교육으로 이원화되어 진행된다면 교사가 학생의 인지적, 정서적 교육에만 집중할 수 있어서 아이들에게 더 유익할 것이다. 내 아이라면 행정업무로 찌든 교사 말고, 아이의 교육과 마음에 집중하여 정서 상태를 물어봐 주거나 어려워하는 교과 내용을 인내심 있게 다시 한번 설명해 줄 수 있는 교사를 더 원할 것 같다.

캐나다에 가 있는 동안 한국에서는 학부모의 민원으로 시달림을 받아 자살한 교사들이 있었고 이를 통해 우리나라 교육 문화와 학부모들의 갑질에 대한 심각성이 대두되었다. 기사를 읽고 아무도 도와주는 사람 없이 혼자 힘들었을 어린 선생님들을 생각하니 너무나 마음이 아파 캐나다 기숙사에서 새벽에 일어나 많이 울었다. 나는 이전 세대 교사들의 권위주의적이고 강제적이고 폭력적인 문화를 싫어했다. 학창 시절 사랑의 매라는 말을 듣고 경험하며 자랐지만, 그 안에서는 교사의 사랑을 느껴본 적도 제대로 인성적으로 교육받았다고 느껴지는 지점도 없었던 것 같다. 물론 교사가 되고 보니 그러한 방식도 사랑과 훈육의 다른 표현이라는 것을 알게 되었다.

지금의 분위기는 다르다. 주변을 둘러보면 선생님들이 너무나 다양한 아이들 하나하나를 존중해 주려고 노력한다. 아이들의 미성숙함에 대해 인내하고 헤아려주며 아무리 지치고 힘들어도 아이들의 마음이 상할까 말 한마디도 배려하며 한다. 혹시 도와줄 일이 있을까 최선을 다한다. 그런 선생님들을 보며 우리 교육의 최고의 강점은 교사들이라는 생각이 든다. 나도 더

분발해야겠다 다짐한다. 학교만큼 사랑이 충만한 곳이 어디 있을까. 정말이지 퇴근할 즈음에는 진이 다 빠진다. 그렇게 묵묵하게 교육 서비스를 제공한다. 한 교사가 하루에 수백 명의 아이들을 대한다. 다시 말하면 교사들은 수많은 아이에게 영향을 끼치는 중요한 자리이다. 그런 교사들에게 작은 불만으로 상처를 입히고 지치게 하고 심지어 소송까지 걸어 경제적 손해를 끼치는 일들이 허다하다. 캐나다 교육을 경험하며 우리나라에도 교사들을 보호해 줄 수 있는 시스템들이 도입되길 간절히 바랐다. 그래서 궁극적으로는 아이들 안에 진정한 의미의 교육과 선한 영향이 이루어지고, 나아가 이 사회 전반이 긍정적인 방향으로 바뀌어나갈 수 있기를 소망한다.

캐나다 미시소거 잭 달링 호수변

샐러드 볼(Salad Bowl) 안에서
다르지만 어우러져 가는 우리

20년 전 캐나다 밴쿠버에 어학연수를 갔다. 영어 전공자들은 짧게라도 영미 문화권을 경험하는 것이 유익하다는 이야기를 듣고 아르바이트를 해서 돈을 모아 부모님께 어렵게 허락을 받고 캐나다로 떠났다. 요새는 어학연수나 교환학생, 유학 등이 학업에 꼭 필요한 여정으로 인식된다. 하지만 당시에는 여학생이 혼자서 해외로 나간다는 것이 적어도 나의 부모님께는 걱정스럽고 그리 쉽게 수용되는 일은 아니었다. 밴쿠버에 도착해서 가장 놀랐던 것은 한국과 다르게 너무도 다양한 인종이 살고 있는 것이었다. 캐나다에는 백인들이 대다수일 것이라고 생각했는데, 길거리에 다니는 대부분의 사람들은 말 그대로 모두 다른 인종이었다.

그럼에도 불구하고 캐나다 사람들은 무슨 교육을 받고 자랐는지 전반적으로 비슷한 특성을 보였다. 바로 다른 사람들에 대한 호기심이 많고 모르는 사이에도 이야기를 잘 나눈다는 것이었다. 커피숍에 앉아 커피 한잔하려고 하면 아니나 다를까 옆자리 사람이 말을 건다. "Nice weather! Hi, my name is Jamal!" 처음 나에게 말을 건 사람은 페르시아 출신 이민자라고 자신을 소개했었다. 어린 시절 즐겨 했던 페르시아 왕자라는 컴퓨터 게임이 번뜩 떠올랐다. 그 페르시아가 아직 존재하고 있나 집에 돌아와 검색해 보니 그 페르시아는 이란이라는 국가가 되었다. 아무튼 그분이 내가 사는 한국에 대해 정말 많은 질문을 했던 기억이 난다. 벤쿠버에서 가장 유명한 대학은 UBC(University of British Columbia)이다. 브리티시 콜롬비아는 캐나다의 한 주이고 UBC는 브리티시 콜롬비아를 대표하는 대학이었다. 그 UBC의 또 다른 별명이 University of Bunch of Chinese였다. 그 대학의 학생들 다수가 아시아계인 것을 농담처럼 하는 말이다. 같은 아시아계로서 기분 나쁘게 들을 것만은 아닌 것이 실제로 UBC에 그만큼 아시아계 학생들이 많기도 하지만, UBC가 Computer Science 전공으로 유명한 대학교인만큼 '아시아인들이 컴퓨터 분야에 재능이 있다는 건 아닐까?'하고 긍정적으로 생각했다.

이번 경기도 영어 교사 심화 연수로 온타리오주에 있는 토론토와 미시소거를 방문하게 되었다. 20년 만에 캐나다를 방문하게 되니 감회가 새로웠다. 캐나다는 20년 전보다 더 인종이 다양해진 것 같았다. 이곳에서 우버 택시를 자주 이용했는데 한 번도 같은 인종의 운전자를 만난 적이 없다. 그리고 그들은 여전히 새로운 사람에 대한 호기심이 많고 타인과 이야기 나누기를 즐겼다. 우리나라에 대한 다양한 질문을 던져서 대답하는 데에 어려움이 있을 정도였다. 다른 나라의 정책이나 문화에 대해 이 정도로 관심을 가질 수 있다는 것이 놀라웠다. 현재 캐나다의 완화된 이민 정책에 대해서도 듣게 되었다. 캐나다의 면적은 우리나라의 100배로 세계에서 두 번째로 크다. 이에 반해 급격한 인구 감소로 2022년에 겨우 인구 4천만 명에 도달했다고 한다. 우리나라 인구수와 비슷한 정도이다. 정부는 어떻게 든 인구를 늘리기 위해 이민 기준을 완화하여 전 세계인에게 문을 활짝 열었고 특히 IT 분야에 능하면서 또 자녀를 많이 낳는 편이라고 알려진 인도계 이민자들을 적극적으로 환영하고 있다고 한다. 그래서인지 캐나다 고등학교에는 인도계 학생들이 정말 많았다.

다문화 이민자 정책으로 미국의 용광로(Melting Pot) 정책이 유명하다. 누구나 한 번쯤은 들어보았을 것이다. 여러 문화가 뒤섞여 하나의 새로운 문화로 융합된 나라가 미국이다. 하지만 캐나다는 자신들의 이민 정책을 샐러드 볼(Salad Bowl)에 비유한다. 샐러드 볼 안에서 각 재료의 고유한 맛을 잃지 않으면서 조화를 이루는 것이다. 곧, 각자의 문화, 종교, 언어, 관습을 존중하는 동시에 서로 어우러져 살아갈 수 있도록 하는 것이다. 그러다 보니 캐나다 교육이 자연스럽게 공존과 포용, 존중에 중점을 둘 수밖에 없게 된 것 같다. 어느 방식이 더 옳다고 볼 수는 없지만 갈등 없이 더 지속될 수 있는 정책은 후자가 아닐까.

우리나라의 다문화 정책과 교육은 어떠한가? 나의 학창 시절에는 도덕 시간을 비롯하여 학교에서 우리나라는 단일 민족임을 자랑스럽게 가르쳤던 시대였다. 자연스럽게 단일 민족은 자랑스러운 것이구나 생각했었다.

내가 고등학교 시절을 보냈던 경북 구미는 전자산업이 발전하여 큰 공단들이 자리 잡고 있었다. 그러다 보니 시내에 나가면 외국인 노동자들을 심심치 않게 보았다. 그들은 지나가는 우리 여고생들을 향해 'Hi!'하고 인사하기도 했다. 우리는 부끄러워하며 꺄르르 웃었고, 그런 일은 다음날 학교에 가서 외국인들이 우리에게 인사했다며 이야기할 정도로 외국인과 마주친다는 것은 큰 에피소드였다.

내가 경험한 우리나라의 다문화 교육

3년 전 고등학교 1학년 담임을 맡은 해에 처음으로 외국인 학생 2명이 학급에 배정되었다. 심지어 한국말을 잘 못하는 중국인 친구들이었다. 교직 7년 만에 처음 있는 일이라 당황했던 기억이 난다. 영어도 잘 못하는 친구들이라 지도하는데 정말이지 난감했다. 반면 옆 반의 알리라는 학생은 이름과 외모는 파키스탄 출신임이 틀림없었지만, 초등학생 때부터 한국에서 학교에 다녀 한국말을 잘하는 학생이었다. 외형만 외국인이었지, 자신은 영알못(영어를 알지 못함)이라며 영어 수업 시간에 엎드려 자는 여느 한국 학생들과 다름없는 학생이었다. 그로부터 3년이 지나 중학교 3학년 담임 교사로 일하는 지금은 어떨까? 베트남, 필리핀, 중국, 카자흐스탄 출신의 어머니나 아버지를 둔 혼혈 친구들이 학교에 있다. 아예 순수 중국 학생도 있고 중남미 온두라스 출신 학생도 있다. 다양한 인종이지만 이 친구들의 공통된 특징은 다들 일찍 한국에 와서인지 한국말을 유창하게 잘한다는 것이다. 그리고 무엇보다 놀라운 것은 자신의 인종과 문화 정체성을 드러내어 말한다는 점이다. 이맘때 남학생들은 워낙 서로를 놀리면서 어울리긴 하지만, 한국 학생들이 다문화 출신 학생을 '야, 베트남!'이라고 부를 때마다 깜짝깜짝 놀랐다. 처음에는 그런 말을 하는 학생들을 불러다 혼도 냈지만 정작 그런 말을 들은 학생들은 아무렇지 않아 할 뿐만 아니라 본인이 더 자신의 배경에 대해 언급하기에 교사도 어쩔 도리가 없다. 소귀에 경 읽기라도 그런 점이 민감한 학생들도 있을 수 있다는 것에 대해 반복해서 말할 뿐이다.

교과 수업할 때나 개별 지도를 할 때 그 학생들의 인종을 인식할 일은 없는 것 같다. 여느 한국 학생들과 정말이지 똑같다. 이처럼 대다수가 한민족인 우리 사회에서 소수의 이민자는 자연스럽게 스며드는 것 같은 양상이다. 하지만 얼마 전 다문화 연수를 받으며 알게 된 바로는 지역에 따라 외국인 학생이 2/3 이상인 초등학교들도 있다고 한다. 머지않아 그 학생들이 곧 중학생이 될 것이고, 고등학생이 될 것이며 성인이 되어 이 사회의 주요 구성원으로 자라나는 때가 올 것이다. 내가 인식하지 못했을 뿐 명백한 다문화 사회이다. 나는 교사로서, 그리고 이 나라의 구성원으로서 다문화 사회에 준비가 된 것일까? 교사들을 대상으로 한 다문화 연수가 매년 들어야 하는 필수 연수로 정해져 있어 온라인으로 연수를 듣고는 있지만 보다 구체적인 정책들과 교수법, 교육 과정에 있어서 준비와 연수가 필요하다. 그리고 무엇보다 마음과 태도의 준비가 가장 중요하지 않을까 한다. 한 사회를 살아가는 구성원으로서 샐러드를 담는 그릇(Salad Bowl)처럼 다른 문화권에서 온 사람들의 관습과 언어를 존중하고 나아가 서로의 문화를 소개하고 배워갈 수 있는 열린 마음만이 우리 사회의 잠재적인 갈등을 줄이고 한 단계 더 발전한 사회로 나아갈 수 있는 방법이 아닐까 싶다.

문화적 정체성과
자존감은 비례한다

    캐나다에서 심화 영어 연수를 받는 기간 동안 MLB(Major League Baseball) 야구 경기를 관람할 기회가 있었다. MLB는 미국프로야구를 지칭한다고만 생각했었는데, 알고 보니 북미 전체를 연고지로 하는 프로 야구팀 간의 경기였다. 토론토에는 블루제이스(Toronto Blue Jays)라는 야구팀이 있는데, 내가 토론토에 머물던 시기에는 토론토 블루제이스와 볼티모어 오리올(Baltimore Orioles)과의 경기가 여러 차례 진행되었다. 알고 보니 블루제이스는 우리나라 출신의 류현진 선수가 투수로 뛰고 있는 팀이었고 마침 류현진 선수는 긴 부상에서 막 회복하여 복귀전을 앞두고 있었다. 경기 당일 누가 투수로 뛸지 미리 알 수 없었기 때문에 일단 표를 예매하였는데 하필 예매한 그다음 날이 류현진 선수가 복귀하는 날이었다. 외국에 나가면 애국심이 발동한다. 평소 야구에 큰 관심이 없었음에도 우리나라의 류현진 선수가 복귀하는 날에는 꼭 가서 응원해야 한다며 표를 날리고 새 표를 예매하여 경기를 보러 가기에 이르렀다.

이 경험은 나에게 여러 면에서 놀라웠다. 먼저, 경기가 진행된 로저스 센터(Rogers Centre)는 엄청난 규모로 5만 명 이상의 관중을 수용할 수 있고 세계 최초의 개폐식 지붕을 가진 돔 경기장이다. 저녁 8시부터 천천히 돔 천장이 열리는데 완전히 열릴 때까지 약 1시간이 걸렸다. 북반구에서도 북쪽에 위치한 캐나다이다 보니 여름에 낮이 길었다. 지붕이 완전히 열린 밤 9시에도 대낮처럼 환해서 놀랐다. 이것이 교과서에서 배웠던 백야 현상이구나 생각했다.

둘째로, 캐나다에서는 야구 경기 중간중간에 계속 노래를 틀어주는데 영어권 국가이니 대부분 신나는 팝송을 틀어주었다. 그런데 노래를 듣다 보니 문득 어디서 많이 들어본 익숙한 멜로디들이었다. 아니나 다를까 블랙핑크와 BTS 노래들이 너무나 자연스럽게 울려 퍼지고 있었다. 어마어마하게 큰 돔구장에 울려 퍼지는 K-팝이라니 한류 문화의 위상이 높아진 것은 알고 있었지만, 이 정도라고는 생각하지 못했는데 정말 놀라웠다. 외국에 나오면 더 애국자가 된다더니 한국인으로서 너무나 자랑스러웠다.

셋째로, 많은 백인을 한꺼번에 보게 된 것이 놀라웠다. 다민족 국가인 캐나다에서는 지역에 따라 다르지만, 토론토와 같은 대도시에서는 어느 곳에 가든지 다양한 인종들이 뒤섞여 있어서 백인들을 보는 것은 쉽지 않은 일이었다. 그날 로저스 센터에 모여든 관중의 어림잡아 90%가 백인들이었기에 야구가 백인들의 문화라고 말해도 과언이 아닐 것 같았다. 그 관중들이 현지에서 류현진 선수를 부르는 이름인 RYU라는 글자가 새겨진 유니폼을 입고 류현진 선수를 응원했다. 거대한 경기장 한가운데 이방인 선발 투수로서 엄청난 무게를 어깨에 지고 선 류현진 선수가 정말이지 너무나 대단해 보였다. 무엇보다 이 모습을 지켜보고 있을 이 땅에 정착한 수많은 한인 이민자에게 류현진 선수는 큰 희망이자 자부심이 될 것 같았다. 그날 우리는 목청이 터지도록 그를 응원했고 아쉽게도 블루제이스는 볼티모어 오리올스에 졌지만 류현진 선수는 우리의 응원에 보답하듯 엄청나게 활약했다. 류현진 선수는 다음 해에 우리나라로 돌아와 현재 한화 이글스에서 뛰고 있다. 경기 결과에 상관없이 그날 본 류현진 선수의 모습은 내가 그의 팬이 되게 만들었고 우러러보게 되기에 조금도 부족함이 없었다.

캐나다 로저스 센터

캐나다 로저스 센터 MLB 경기 장면

타국에서 느꼈을 이방인으로서의 외로움

나에게는 토론토 새댁이 된 친구가 한 명 있다. 그 친구는 한국인이지만 10년 전 캐나다 남자와 결혼하여 캐나다로 시집와서 토론토 인근에서 살고 있다. 아무래도 쉽게 만날 수 없는 친구라 바쁜 일정에도 불구하고 틈을 내서 꼭 만나보고 싶었다. 친구이지만 너무 오래간만이라 어색한 마음이 들기도 했고 만나는 장소도 처음 가보는 곳이다 보니 모든 것이 낯설게 느껴졌다. 친구는 남편과 아이들을 데리고 약속 장소로 나온다고 했다. 긴장이 많이 되었다. 오랜만에 보는 친구는 사람들이 흔히들 교포라고 말하는 스타일과 모습을 하고 있었다. 친구의 남편과 아이들은 한국말을 전혀 하지 못했다. 그런 어색한 마음을 안고도 너무 신기했던 것은 그날 그 친구를 본 순간 내가 느꼈던 감정이다. 이 멀고 먼 타국에서 결혼 생활을 하고, 아이를 키우며 겪었을 어려움들이 마치 내가 겪은 양 스쳐 지나갔고 내 마음에 고스란히 느껴져 찔끔 눈물이 났다.

다민족 국가라도 타국에서 이방인으로 사는 것은 쉽지 않을 것이다. 아무리 다양성과 오픈 마인드의 태도를 어린 시절부터 교육받아 왔더라도, 아무래도 사회적으로나 문화적으로 백인들이 주류일 것이고 그들의 가치관과 사고방식이 기본값일 것이다. 나의 친구는 그 안에서 그들의 문화에 잘 적응해 보기 위해 그동안 얼마나 고생했을 것인가. 그날 나는 마치 친정엄마의 마음으로 그 친구를 안고 또 안으며 보듬어 주었다. 친구에게 주려고 바리바리 싸 들고 간 캔에 든 깻잎 조림과 김치, 김, 라면, 약과, 마스크 팩을 꺼내놓았다. 그 모습이 꼭 우리 집에 올 때마다 양손 무겁게 잔뜩 짐을 싸 들고 지방에서 올라오는 우리 엄마 같았다. 여기도 다 있는데, 엄마는 꼭 그렇게 바리바리 싸 들고 오신다.

이곳 토론토에도 한인 타운과 한인 마트가 있는 걸 알고 있지만 나는 내가 해줄 수 있는 것들을 다 싸 들고 갔다. 그래야 할 것만 같았다. 한국말을 못 하는 친구의 아이들에게는 그들의 이름을 한글로 써주고 한복에 달수 있는 복주머니를 선물로 주었다. 약과와 누룽지 맛 사탕을 한국 전통 간식으로 소개하고 복주머니 안에 넣어주었다. 아이들은 한글이 신기한지 자신들의 이름을 쓰고 또 써 보았다. 그 자리에서 복주머니를 열어 약과와 누룽지 맛 사탕을 뜯어 먹었다. 왠지 엄마와 닮은 나에게 자동으로 이끌린 것일까? 헤어질 때는 눈물을 흘릴 만큼 애착을 보였다. 어쩌면 이제는 이곳이 더 집 같겠지만, 어쩌면 자신도 모르게 지친 몸과 마음에 한국에서 가져온 기운을 잔뜩 넣어주고 싶었다. 그게 타국에서 살아갈 힘과 자부심이 될 수 있지 않을까 하면서 말이다.

캐나다에 거주하는 친구 가족과 한 컷

　문득 우리나라에서 사는 외국인들이 떠올랐다. 우리 학교에 다니는 나의 외국인 학생들이 떠올랐다. 캐나다는 우리나라보다 훨씬 다양한 인종이 섞여 살고 있고 그나마 타문화를 존중하고 수용할 수 있도록 하는 더 깊고 넓은 수준의 교육이 이루어지고 있다. 우리나라는 어떠한가? 나의 학창 시절 단일 민족임을 자랑스럽게 교육받았던 시절이 있었던 것을 생각해 보면 알 수 있듯, 한민족이 주류인 사회이다. 소수의 외국인은 우리 문화에 동화되어야지만 살아갈 수 있는 시스템이다. 다른 나라에 가서 살면 그 나라의 문화를 배우며 살아야 하는 것은 당연하겠지만 우리나라도 다문화 국가로의 진입을 앞두고 있는 시점에서, 아니 어쩌면 이미 다문화 국가가 되어있는 시점에서 다른 문화권에서 온 사람들을 우리 공동체의 구성원으로 수용하고 함께 더불어 살아가야 한다. 그러기 위해서는 우리의 문화를 일방적으로 강요하기보다는 그들의 문화에도 관심을 가지고 나아가 배워갈 수 있도록 해야 할 것이다.

'어서와 한국은 처음이지'는 내가 즐겨보는 TV 프로그램이다. 한국에 살고 있는 외국인이 자신의 친구들을 우리나라에 초대해 여행하도록 하는 프로그램인데 그들이 우리 음식과 문화를 좋아하고 때로는 감격해하는 모습을 보면 이상하게 기분이 좋고 내 자존감까지 훨훨 날아오르는 기분이다. 단순히 내가 태어난 나라이고 살고 있는 장소일 뿐인데 참 신기하게 이것이 나의 정체성이자 나의 자존감이 되는 것 같다. 나의 교실을 떠올려본다. 교사로서 나는 그들에게 어떤 교육을 해왔을까? 다른 문화권에서 온 학생들이 자연스럽게 한국 문화와 언어, 시스템에 동화되도록 기다렸던 것 같다. 단순히 수동적으로 기다리기보다는 교사로서 그들만의 문화 정체성을 확인하고 길러주면 어떨까? 예를 들어 수업 시간을 할애하여 학생들이 자신의 문화나 언어에 대해서 친구들에게 소개할 수 있는 활동을 진행하여 학생들이 자신의 문화에 대해 자부심과 자신감을 가질 수 있게 해주고 우리나라 학생들에게는 시야를 넓히는 기회를 제공하고 타문화를 수용하는 태도를 길러주면 어떨까? 그렇게 건강한 문화 정체성과 자존감을 확립할 수 있다면 다문화 학생들이 이 사회 안에서 더 건강한 구성원으로 성장하고 더 아름다운 국가를 만들어가는 데에 한몫을 담당할 수 있지 않을까 생각해 본다.

캐나다 WHAT 수다!

Respect makes man
: '존중'과 '공평'의 힘

　심화 연수로 캐나다에 다녀온 지 1년이 넘게 지난 지금도 캐나다를 떠올리면 따뜻하고 편안한 심상이 가슴 속에 떠오른다. 캐나다에서 배웠던 캐나다 교육의 핵심은 타인에 대한 존중과 모든 사람에 대한 평등사상이다. 캐나다에는 전체 인구의 30%에 가까운 수가 이민자이고 캐나다의 이민자 비율은 G7 국가 중에서도 가장 높다. 출산율이 떨어지고 있는 상황에서 인구 감소와 고령화를 막기 위해 캐나다 정부는 계속해서 이민자를 받고 있다. 놀라운 것은 이민자는 늘고 있지만 이에 따른 사회적 갈등이 크지 않다는 점이다. 그뿐만 아니라 캐나다 국민의 「이민자에 대한 태도를 묻는 캐나다 환경관리 연구소의 설문조사」에서 70%의 국민은 이민자의 비율이 너무 높지 않다고 응답했고, 60%에 가까운 국민은 이민자를 더 받아야 한다고 응답했다. 이는 캐나다 정부가 학력 수준이 높거나 캐나다에서 경제적 활동을 할 능력과 의지가 있는 사람들을 선별해서 이민자로 받고 있고, 국민이 이러한 정부의 시스템에 높은 신뢰를 가지고 있기 때문이다. 합리적인 정부 시스템과 국민 사이의 신뢰를 바탕으로 한 국가라니, 꿈만 같지 않은가? 캐나다인들은 다원적이고 민주적인 공간에서 모두가 더 잘 살 수 있다는 생각을 그 어느 때보다도 강하게 받아들이고 있다. 이러한 안정성과 신뢰의 기저에는 앞서 언급한 타인에 대한 존중과 모든 사람에 대한 평등을 강조하는 캐나다 교육사상이 있다.

Respect (존중)

캐나다에서는 개인의 인종, 문화, 관습, 의견에 대한 철저한 존중을 강조한다. 그것이 겉으로 보기에는, 집단과 '우리'를 강조하는 동양 문화권에서 개인주의적이라는 부정적인 모습으로 비추어지기도 했지만, 실상을 살펴보니 서로 다른 사람들이 함께 어우러져 살아가기 위해서 개개인을 존중하는 공동체 중심적인 태도였다. 우리나라에서는 서로가 같아야 하는 집단주의가 만연해 왔다. 남들과 다르게 튀는 행동을 하면 무언가 잘못된 사람이라는 인식이 있다. 나 역시 그런 교육을 받고 자라난지라 교사가 된 지금도 남들과 다르게 행동하는 학생들을 보면 불편함을 느낄 때가 있다.

하지만 교사라는 나의 직책과 역할을 떠올리며 그런 아이들을 보다 열린 마음으로 바라보려고 애를 쓴다. 사실 주변을 돌아보면 사람은 하나같이 다 다르다. 한 배에서 나온 형제, 자매조차도 너무나 다르기에 서로가 같아야 한다는 집단주의는 자연스럽지 않다. 이전처럼 전쟁을 치르고 난 후 급박한 상황도 아니고, 밥을 굶을 정도로 절박한 상황도 아닌 현대 사회에서는 개개인의 독특한 모습을 인정하고 자신의 개성과 강점을 찾을 수 있도록 돕는 교육이 필요하다. 한 사람 한 사람이 자신의 정체성을 찾고 동시에 타인의 정체성을 인정하며 이를 바탕으로 사회 전체가 공존하고 발전할 수 있도록 말이다.

캐나다에서는 다양한 인종, 다른 관습과 문화, 종교를 가진 사람들이 함께 어우러져 산다. 차이에 대한 존중 교육이 필요한 것은 두말하면 잔소리다. 어린 시절부터 차이를 수용하고 존중하는 태도를 교육받아 온 캐나다 사람들은 존중을 넘어서 차이에 대한 호기심과 관심을 보인다. 캐나다에서 처음 길에서 모르는 사람과 눈이 마주쳤을 때 'How are you?'하고 가볍게 인사하며 웃어주는 문화를 경험했을 때가 떠오른다. 참으로 어색한 따스함이었다. 함께 버스를 기다리며 서 있다가 날씨가 좋다는 스몰 토크에서 시작하여 어느 나라에서 왔는지, 우리나라의 기후는 어떤지, 우리나라의 국민은 남북 대치 상황에 대해 어떻게 느끼는지, GDP가 어떻게 되는지와 같은 심도 있는 질문들 역시 당황스러운 관심이었다.

캐나다 고등학교 10학년 학생들을 대상으로 한국 문화에 대해 가르치는 수업을 했을 때도 마찬가지였다. 우리나라의 설날은 캐나다를 비롯한 대부분의 나라들에서 'Chinese New Year'로 알려져 있다. 나는 이 계기를 통해서 'Korean New Year'도 있다는 것과 우리나라 설날의 전통을 소개하고 싶었다. 복주머니의 유래와 세배, 떡국과 같은 설날의 관습을 수업하는 내 내 캐나다 학생들은 집중해서 들었고 사진만 보고 떡국의 재료를 맞추어보거나 복주머니 카드에 한글로 편지를 써보는 등 모든 활동에 너무나 적극적으로 참여해 주었다. 그들의 표정에는 새로운 문화에 대해 알아보는 즐거움이 있었다.

나는 한국에 돌아와서 우리 학생들에게도 캐나다라는 나라를 소개하는 수업을 진행하였다. 캐나다의 유명한 메이플 쿠키와 여러 간식들을 유튜브에서 언박싱하는 방식으로 소개하고 함께 먹어보았다. 반응은 폭발적이었다. 이어서 캐나다를 비롯한 영미 문화권에 대해 조사하고 프레젠테이션하는 활동에서 아이들은 다른 나라와 문화에 대해 큰 흥미와 관심을 보였다. 대입과 시험을 위한 수업만이 아니라 학생들에게 나와 다른 것에 대해 열린 마음으로 바라볼 수 있는 시선과 태도를 교육한 것 같아 그 어느 때보다 교사로서의 뿌듯함을 느꼈다.

캐나다 미시소거 '파더 게츠 중등학교'에서 한국문화 수업 장면

캐나다 WHAT 수다!

Equity (공평)

두 번째 키워드로 캐나다 교육은 존중을 넘어서 공평함을 강조한다. 미시소거에서 캐나다 교육에 대해서 배우는 동안 가장 많이 들었던 말은 Equity였다. Equality와 Equity의 개념 차이를 사전적으로 찾아보면 Equality는 평등을, Equity는 공평을 의미한다. 다음 그림을 보면 그 차이를 쉽게 이해할 수 있다.

출처 : Morgan Marks. 'A Discussion on Equity and Equality'. (Powerhouse Montana)

단순히 모든 사람에게 동등한 기회를 제공하는 것이 일반적으로 생각하는 평등(Equality)이다. 반면에 캐나다 교육에서 강조하는 평등(Equity)은 개개인의 차이를 인정하고 차이에 따른 필요를 채워주어, 모두 동일한 크기의 행복을 얻는 것, 그렇게 더불어서 살아가는 것이다. 어린 시절부터 Equity를 강조하여 학생들의 내면에 자연스럽게 배어 더불어 사는 사회를 이루게 된 것이다. 이론적으로 좋은 말이지만 실제로 적용하기가 어렵고 불편하다고 여겼던 것들이 캐나다에서는 실제로 이루어지고 있었다. 예를 들어, 캐나다 장애인 정책을 살펴보면 장애가 있는 학생의 등교를 책임지는 교통지원 서비스와 학교에서 필요한 모든 도움을 주는 도우미를 제공하고, 나아가 일반인과 차별 없는 장애인 고용정책 등이 있다. 물론 우리나라에도 이러한 정책들이 존재하고 있지만, 가장 큰 차이는 국민의 의식일 것이다. 캐나다에서는 장애인이나 노인 분들이 버스에 올라탈 때 버스가 낮아지면서 휠체어가 올라가기 쉽게 변형되고, 휠체어가 버스 바닥에 고정되어 넘어지지 않도록 버스 기사 분이 나와서 좌석의 모양을 변형시켜 주기도 한다. 그 과정에서 얼마나 많은 시간이 걸리겠는가? 하지만 그 누구도 그 모습을 보면서 조급해하거나 불편한 기색을 내비치는 법이 없다. 그것은 Equity를 강조하는 캐나다 교육의 힘이다.

나의 교실 안을 떠올려본다. 이 사회의 단면을 보여주듯 어린 친구들 사이에 갈등과 경쟁이 심하다. 어쩌면 교사인 나부터 아이들에게 학교와 사회가 만들어 놓은 천편일률적인 기준에 맞추도록 모르는 사이 강요한 것은 아니었나? 그렇게 갈등을 조장한 것은 아닐까? 많은 업무와 수업을 병행하며 여러 학생을 지도하다 보니 학생 하나하나의 상황과 필요를 들여다볼 여유가 없다고 생각했다. 그것이 사실이기도 하지만, 이 사회의 교육 정책의 변화를 바라며 손 놓고 있기에는 문제가 시급한 것 같다. 서로를 이해하고 용납하고 존중하는 교육이 시급하다.

물론 과유불급이라고 캐나다에서도 존중과 평등을 과도하게 강조함에 따른 부작용들이 있다. 극단적인 예로 캐나다에 살고 있는 친구에 따르면 자신을 고양이라고 주장하는 학생이 학교 화단을 화장실로 이용하는 것도 존중해달라는 사건이 있었다고 한다. 이러한 부작용을 경계해야겠지만, 우리 사회도 존중과 진정한 의미의 평등을 교육하여 더불어 사는 사회로 나아갈 수 있기를 간절히 바란다. 다문화 사회로 진입했을 뿐만 아니라 이미 사회 자체의 여러 갈등과 냉소주의가 만연한 우리 대한민국에서는 그 어느 때보다 서로의 차이를 존중하고 용납할 수 있는 교육이 절실하다. 캐나다 교육의 따스함이 조금이나마 이 땅의 변화를 촉구하고 방향성을 제시하는 하나의 촛불 역할을 담당할 수 있길 간절히 소망한다.

Freedom

: 일탈에서 나오는 여유와 다정함

류지연(Jacqueline쌤)

═══ CHAPTER 3 ═══

기숙사 생활,
우리에게 필요한 쉼터

 해외에서 3주 동안 연수를 들어야 한다고 생각하니, 무엇보다 숙소가 어떨지 궁금했다. 대학교 캠퍼스 기숙사에 묵게 된다는 말에 오랜만의 기숙사 생활에 들뜨면서도, 시설과 환경에 별다른 기대를 하지는 않았다. 13시간의 긴 비행 후, 우리를 마중 나온 버스에 몸을 맡기고 밤 11시가 다 되어 토론토 대학 미시소거 캠퍼스(University of Toronto, Mississaga) 기숙사에 도착했다. 기숙사 매니저 Ann이 어둠 속에서 식당, 버스 정류장, 기숙사, 세탁실을 안내해 주었다. 너무 피곤한 나머지 설명을 잘 듣지 못한 채, 짐을 주섬주섬 챙겨 안내받은 기숙사로 들어갔다. 712호. 나를 포함한 네 명의 영어교사가 묵을 공간이었다. 기숙사는 1층은 주방과 거실, 2층은 욕실과 개인방 네 개로 구성되어 있었다. 생각보다 쾌적하고 독립된 공간에 놀랐다. 계단을 오르며 함께 캐리어를 2층으로 옮겼고, 연수원 측에서 챙겨준 김밥을 먹으면서 기숙사 단체 생활에 대한 기대감을 나눴다.

 캐나다와 한국은 시차가 13시간이라 거의 일주일 동안 우리는 시차로 인한 피로감(jet lag)으로 밤낮이 뒤바뀐 시간을 보냈다. 특히 도착한 다음 날은 모두가 이 피로감을 겪었는데, 일찍 눈을 뜬 몇 명의 연수생들이 새벽 4시에 일어나 산책하는 소리에 아침부터 캠퍼스가 시끌벅적했다. 나도 거의 눈만 감은 채 피로를 풀다가 아침에 일어나 방 커튼을 열어 바깥을 구경했다. 다람쥐가 재빠르게 나무를 타고 올라가는 모습이 보였다.

기숙사의 큰 나무정원은 내가 가장 좋아하는 곳이었다. 나무와 잔디가 잘 어울려 있었고 걸터앉을 수 있는 바위와 테이블이 자리 잡고 있었으며, 그 정원을 중심으로 기숙사 건물이 둘러싸고 있었다. 아직도 그 공간이 눈에 선하다. 기숙사 문을 열고 밖으로 나올 때마다 햇빛과 초록 자연을 마주하면 마음이 편안해졌고, 우리는 삼삼오오 모여 앉아 수다를 떨거나 인사를 나누곤 했다. 나는 정원 중앙에 있는 테이블에 앉아 음식을 먹으며 세탁실에 넣어 둔 세탁물을 기다리는 시간을 즐겼다.

한번은 캠퍼스 주변을 산책하고 돌아오는데, 연수생들이 중앙 테이블 주변에 모여 작은 음악회를 갖고 있었다. 한 선생님의 기타 반주에 맞춰 돌아가면서 노래를 부르고 있었다. 대학 이후로 오랜만에 보는 풍경이었다. 잔디에 앉아, 바위에 걸터앉아, 멀찌감치 서서, 박자에 맞춰 손뼉을 치며 서로의 노래를 듣고 있는 모습을 보니 마음이 뭉클했다. 한 가정의 엄마 혹은 아빠, 학교에서의 보직교사, 담임교사 등 사회에서 여러 역할을 해내고 있는 성인들이 이렇게 자연 속에서 모여 마음을 풀어놓고 감정을 교류하는 순간은 귀한 힐링의 시간이었다.

캐나다 WHAT 수다!

내가 가장 기억하고 싶은 시간은 연수에서 개인적인 친분을 쌓게 된 연수생들과 마지막으로 이 정원에서 보낸 시간이다. 함께 생활하다 보니 빠른 속도로 친해지게 된 동료들이었다. 각자 근처 쇼핑몰에서 사 온 음식과 기숙사에서 끓인 짜장라면을 나누어 먹으면서 연수에서 기억에 남는 즐거웠던 순간을 이야기했다. 푸른 나무 속에서 마치 소풍을 온 듯 신이 난 우리는 음악을 듣고 싶어서 기타를 다룰 줄 아는 연수생을 군이 불러와 기타를 쳐달라고 부탁했다. 그의 기타 소리에 맞춰 다 같이 노래를 불렀다. 〈문어의 꿈〉이라는 노래를 불렀는데, 노래 가사처럼 그곳이 꿈속인 것 같았고 우리는 무엇이든 될 수 있을 것 같았다.

대학생 때 영어 캠프 보조교사에 지원하여, 한 달의 방학 동안 기숙사에서 동료 교사들과 머무르면서 캠프 일을 한 적이 있다. 이전에는 집 이외의 공간에서 타인과 살아본 경험이 없었다. 사람과 어울리는 것을 좋아하는 나에게 그때의 기숙사 생활은 아직도 좋은 추억으로 남아있다. 그리고 15년 후, 가족이 아닌 다른 사람들과 함께 생활하게 되어 긴장도 되고 기대도 되었다. 같은 공간에서 생활하며 서로 대화하고 각자의 생활 방식을 알게 되니 그 사람에 대해 더 깊이 알게 되었고 그렇게 서로를 알아가는 과정이 즐거웠다. 처음에는 낯을 많이 가리지만 한 명 한 명을 세심하게 챙기고 욕실의 청결에 늘 앞장서는 A교사, 체력이 약하다며 매일 골골거리면서도 연수가 끝나면 토론토 구경을 늦게까지 하고 지친 모습으로 돌아오는 B교사, 방장을 맡아 방장으로의 역할을 엄격하게 해내겠다며 엄포하더니 우리 중

최약체로 동생들의 놀림을 한 몸에 받던 C교사. 우리는 너무나 즐겁고 유쾌한 하우스메이트였다.

기숙사에서 30분 정도 걸어가면 연수센터가 있었는데, 그 길은 숲이 우거지고 개울이 있는 매우 운치 있는 트레일이었다. 우리는 아침에 그 길을 같이 걸어가곤 했고, 길거리에 서서 함께 목과 허리 스트레칭을 하기도 했다. 어떨 때는 손님들을 우리 기숙사에 초대하여 저녁 식사를 함께하기도 했고, 일과를 마치고 식탁에 모여 앉아 그날 있었던 일을 공유하며 크게 웃고 떠들기도 하였다. 타지 생활이 낯설고 힘들 수 있었을 텐데, 그들 덕분에 단 하루도 외롭거나 힘들지 않았다.

각자 한국에서 공수해 온 햇반, 깻잎, 볶음김치, 라면은 우리 부엌 선반에 가득 차 있었는데 날이 갈수록 줄어드는 모습이 안타까워 아껴먹곤 했다. 그렇게 자주 라면을 끓여 먹은 적은 이전에도 이후에도 없었다. 꿀맛 같은 라면을 나눠 먹는 시간이 참 즐거웠다. 가끔 내가 사고 아닌 사고를 쳐서 물의를 일으킨 적도 있다. 공용으로 쓰는 세탁실 카드를 들고 산책하러 나가 전화도 받지 않고 늦게 들어와 하우스메이트가 세탁을 못 하게 되었다거나, 피곤한 나머지 밖에서 신은 신발을 그대로 신고 들어와서 흙먼지를 바닥에 묻혔다거나, 세면대 물을 깨끗하게 닦고 나오지 않았다거나 하는 것이었다. '나는 공동생활에 적합하지 않은 인간인가?' 진지하게 고민하며, 맛있는 음식을 냉장고에 넣어두거나 하우스메이트의 옷을 다림질해 주는 것으로 어떻게든 공동생활에 보탬이 되려고 노력했다. 함께 살 땐 노력과 배려가 필요하단 걸 새삼 깨달았다.

토론토대학 미시소거 캠퍼스 기숙사 나무정원

어쩌면 우리에게도 필요했던 공간과 여유

어린 시절 나는 집 앞 놀이터에 나가면 밥 먹을 시간에도 집에 들어가지 않던 아이였다. 엄마가 놀이터에 직접 나를 찾으러 와서 밥 먹으러 가자고 손을 잡아당기면, 징징거리고 아쉬워하며 집으로 돌아가곤 했다. 작은 아파트 단지 안에 있던 놀이터는 말 그대로 나의 공간이었다. 앞집 언니, 아랫집 친구, 윗집 동생을 불러 소꿉놀이, 술래잡기, 내 마음대로 규칙을 정했던 이름 없는 놀이 등을 하며 신나게 놀 수 있었던 곳. 모든 이웃이 나의 친구였고 집 밖을 나가면 언제든 만날 수 있었다. 캐나다 기숙사는 나에게 어린 시절의 놀이터와 같았다. 기숙사에서 생활하면서 필요한 물건이 있으면 옆집에 가서 빌리고, 같이 이야기 나누고 싶으면 그 집에 가서 벨을 누르며, 어릴 적 놀이터를 한없이 돌던 그때로 나를 돌아가게 해주었다.

나이가 들면 들수록, 나와 가까운 사람이나 가족과 보내는 시간이 많아 익숙한 관계만 유지하려고 한다. 새로운 친구를 사귀기에는 마음도 시간도 쓰기 어려울 뿐만 아니라 귀찮을 때도 있기 때문이다. 이런 현상이 나이가 들면서 자연스럽게 생기는 것인 줄 알았는데, 그동안 우리에게 공간과 여유가 없었던 건 아닐까 싶다. 학교에서 일하면서 아이들이 가장 부러울 때는 많은 또래의 친구들을 매일 만날 수 있다는 것이다. 학교는 배움의 터전이기도 하지만 아이들에게는 공공의 놀이터이기도 하다. 친구를 보러 학교를 오고 친구와 수다를 떨다가 집에 가기도 한다.

매일 무언가를 배우면서 생활하고 서로 부딪힐 수 있는 공간. 종일 함께 있으며 서로의 이야기에 귀를 기울일 수 있는 여유. 그런 공간과 여유가 미시소거 기숙사에 있었고, 우리는 금방 친해졌고 새로운 만남을 통해 더 성장하고 나를 알아갈 수 있었다. 그곳은 오랜만에 만난 놀이터이자 쉼터였다.

기숙사 정원에서의 작은 음악회

캐나다 WHAT 수다!

교사에서 학생으로, 우리도 선생님이 필요해

캐나다에서 2주 동안 세인트 카테리 테카퀴타 캐톨릭 러닝 센터(St. Kateri Tekakwitha Catholic Learning Centre)에서 공부하게 되었다. 처음 방문한 캐나다 학교는 시설이 깔끔했고 곳곳에서 다양성을 존중한다는 것을 엿볼 수 있었다. 교실에 들어가 보니, 한창 우리나라에서도 권장했던 'ㄷ'자 모양 책상 배열이 눈에 띄었다. 우리 연수생 서른 명은 매일 그곳에 둘러앉아 서로의 얼굴을 익히며 수업에 참여했는데, 확실히 일렬로 칠판을 향해 앉는 것보다 동료의 얼굴을 마주 보니 더 즐겁고 함께 배우는 공동체 느낌이 확 들었다.

책상 위에는 캐나다 기념품 가게에서 볼법한 단풍나무가 그려진 컵과 연필이 선물로 놓여있었다. 교실 한쪽 벽에는 러닝센터 선생님이 미리 준비해두신 따뜻한 홍차와 메이플 쿠키가 있어 환영받는 느낌이 가득했다. 3월 새 학기를 시작할 때 나는 늘 새로운 학생들을 만날 생각에 설레곤 한다. 그런데 신학기에 학생들에게 웃음을 보여주면(소위 말해 교사가 학생들에게 쉽게 보이면) 학생들을 엄격하게 지도해야 할 때 어려움을 겪을 수도 있다는 선배들의 조언을 들은 적이 있어서 3월에는 가능한 한 엄근진(엄격, 근엄, 진지)인 척하려고 애를 쓴다. 물론 나는 1주 만에 잇몸까지 드러내 버려서 늘 실패하곤 한다. 한편으로 생각하면 학생들은 새 학기가 되어 더 긴장되어 있을 텐데, 어차피 친해질 거면 처음부터 활짝 반겨 주는 게 나을지도 모르겠다고 생각했다. 내년에는 나도 쿠키나 초콜릿, 요구르트를 교실 한편에 두고 학생들을 맞이해보고 싶다.

수업의 첫 시간은 늘 그렇듯 자기소개 시간이었는데, 돌아가면서 자신의 영어 이름을 소개하고 좋아하는 것에 대해 말하는 시간을 가졌다. 영어 교사가 되고 나서 수업 영어(Class English)를 사용하거나 해외여행에서 가끔 영어를 사용한 적밖에 없었는데, 갑자기 긴 문장의 영어로 나를 소개하려니 특히 나 같은 영어 교사들과 원어민 선생님 앞에서 하려니 부끄럽기도 하고 재미있기도 했다. 이러한 모습을 보고 더 자극을 주고 싶으셨던 선생님께서 'English Only Time'을 제안하셨다. 우리에게 각각 가짜 돈 50달러씩을 주고, 수업 시간에 영어가 아닌 한국어를 사용하는 사람을 발견하면 그 사람의 10달러를 뺏는 방식의 게임이었다. 그때부터 신난 우리는 서로의 한국어 사용을 포착하기 위해 혈안이 되었다. 밥 먹을 때는 군이 영어를 안 해도 되는데 사용하였고, 러닝센터가 아닌 외부에서의 자유시간에도 일상적으로 영어를 사용하게 되었다. 역시 몰입식 영어교육은 효과가 최고였다.

계속 영어를 쓰다 보니, 내가 어렸을 때 왜 영어를 좋아하게 되었는지 떠올랐다. 영어 할 때 나타나는 제2의 자아와 그 언어에 담긴 평등함이 피상

적이지만 내가 영어를 좋아하는 이유였다. 영어를 사용하면 성격이나 말투가 달라지면서 나의 부캐릭터가 작동하는데, 평소에는 조금 소심한 편인데 영어를 사용하면 대범하고 자신감 넘치는 사람이 된다. 그리고 영어에는 존댓말이 없는 덕에, 위계질서를 싫어하고 사람을 좋아하는 내가 서로의 이름을 부르며 나이에 상관없이 소통하면 모두가 친구인 것처럼 느껴져 마음이 편안해지기도 한다. 이번에 영어를 사용하면서 다른 영어 교사들의 유창한 영어 실력을 알게 되어 부러운 마음에 약간 주눅이 들기도 했지만, 영어를 가르치기만 하느라 잊고 있었던 나의 영어에 대한 애정을 다시금 불러일으킬 수 있었다.

학창 시절, 나는 훌륭한 모범생은 아니었다. 장난꾸러기였고, 수업 시간에 집중하지 않은 적도 꽤 있었다. 모둠학습은 거의 없었고 딱딱한 의자에서 앞만 쳐다보고 종일 앉아 있어야 해서 힘들었던 적이 많았다. 대학 때 이후로 오랜만에 학생의 신분이 되었다. 늘 서서 교실을 휘저으며 수업만 해오다가 막상 앉아서 학습자로 수업에 참여하려니 어색하면서 설레었다. 설렘도 잠시, 이틀 정도 지나니 내가 흥미를 느낄만한 주제나 활동을 할 때만 집중이 잘되었고, 나머지 시간에는 지루해서 좀이 쑤셨다. 어떤 날은 내가 좋아하는 활동임에도 불구하고 열심히 참여하지 못하기도 했다. 교사나 수업의 내용 때문이 아니라, 단지 종일 수업에 참여하는 것이 어려웠기 때문이다.

신규 교사 때에는 내가 수업을 열심히 준비해 갔는데 학생들이 집중을 안 하면 너무 속상하고 원망스러웠다. 그러다가 10년 차 이후로는 생각이 조금 바뀌었다. 늘 열심히 학습지를 제작하고 수업 활동을 고민하고 활동 수업과 협력학습을 주된 무기로 수업하려고 노력했지만, 아이들은 가끔은 그것과는 상관없이 집중하기 어려울 때도 있다는 것을 알았기 때문이다. 가끔 배움에 잘 들어오지 않는 학생들을 보면 여전히 고민이 많아지곤 한다. 물론 나의 다른 노력도 필요하겠지만, 그들을 이해하고 기다리기도 해야 하는 것 같다. 교사의 능력과는 별개로, 내가 러닝센터에서 수업에 참여하기 어려운 날이 있었던 것처럼 아이들에게도 그런 날이 있을 수 있다. 매일매일 6~7시간의 수업이 있고, 어떤 날은 기분이 나쁠 수도 있고 어떤 날은 그냥 공부하기 싫을 수도 있다. 내가 할 수 있는 일은 그저 매일 성실하게 아이들의 구미에 조금이라도 맞는 수업을 준비하며 최선을 다해보는 것인 것 같다.

연수 첫날의 환대: 메이플쿠키, 홍차, 캐나다 컵과 연필

수업, 사람과 사람이 만나는 관계의 공간

이번에 학생으로 연수에 참여하면서 나의 교육철학에서 다시 한번 확신하게 된 것은 교사와 학생 간 래포 형성의 힘이다. 고등학생 시절, 선생님들의 호의를 얻지 못하고 여러 가지 이유로 빈번히 혼이 났다. 그런데 어느날 가정 선생님께서 나의 체육복 차림(그때는 주로 교복을 입으라고 교육받았다.)에 대해 멋있다면서 칭찬해 주셨다. 그리고 나의 필통과 가방에 붙어있는 인형에도 관심 가져주셨다. 그 작은 관심이 어린 내게는 크게 와닿았다. 그 이후로 나는 그 선생님 시간에는 무조건 집중했고, 웃으며 크게 인사했다. 캐나다에서도 나는 다른 연수생들처럼 성실하게 수업을 듣진 못했지만, 강사들은 늘 나에게 관심을 보이며 응원해 주었다. 나의 별명을 부르면서 오늘은 기분이 어떤지 내일은 무엇을 할 것인지 쉬는 시간에 물어봐 주었다. 어쩌다 발표하게 되면 폭풍 칭찬을 해주었고, 종업식에서 연수생들이 다 같이 춤을 출 때는 나에게 구령을 맞추는 역할을 시켜 내가 연수에 흥미를 갖고 참여할 수 있도록 독려해 주었다. 당연히 나는 열심히 참여하며 끝까지 노력했다. 이렇게 교사의 관심을 받으면, 학생으로서 고맙고 미안한 마음이 들고 흥미롭지 않더라도 조금 더 수업에 임하려 노력하게 됨을 또 한 번 느꼈다. 나도 배움에 잘 들어오지 못하는 학생들과 개인적 친분을 쌓으려고 수업 시간에 많이 노력한다. 아이들이 협력학습을 할 때 교실을 돌아다니면서 그러한 학생들의 학습을 관찰하고 이런저런 이야기를 하며 나의 관심을 최대한 표현한다. 그러면 대부분의 학생이 아무리 힘들어도 수업에 참여하려 노력하는 것 같다. 정말 너무 힘들어서 엎드려 자더라도 미안해하며 다음 수업 시간에 잘하려고 노력한다. 역시 수업은 사람과 사람이 만나는 관계의 공간이라는 생각이 든다.

러닝센터에서 배운 내용과 함께 나눈 주제가 다양했지만, 무엇보다도 우리 연수생들이 아직도 멘토로 생각하는 Tara와 Lisa 선생님의 존재와 그들의 가르침이 가장 와닿았던 것 같다. 온전히 우리를 지켜봐 주고 우리와 소통하려는 선생님이 있다는 사실이 너무 즐겁고 힘이 되었다. Tara는 너무나 따뜻한 마음씨를 갖고 있었고 우리를 사랑하는 마음이 저절로 느껴지는 사람이었다. Lisa는 특유의 강인함과 따뜻함을 갖고 있어서 닮고 싶었다. 한 번은 한국 교육제도와 교사의 웰빙에 대한 주제로 대화하였는데, 그들이 우리의 이야기를 너무나 잘 들어주어서 충분히 공감받는다는 느낌만으로 힐링이 된 적이 있었다. 몇 명의 연수생들은 쉬는 시간에도 마음을 나누고 싶어 교사와 계속 이야기를 나누었는데, 그 장면을 보면서 '우리의 이야기를 들어줄 사람이 많이 없었구나. 그런 존재가 현실에도 있었으면 좋겠다.'라고 생각했다. 그냥 온전히 우리의 이야기를 듣고 끄덕거려주면서 우리의 힘이 되어줄 '우리의 선생님'이 지금 학교에도 있으면 얼마나 좋을까.

오랜만에 학생이 되어 경험하게 된 감정은 생각보다 다양했다. 영어 자체를 좋아하는 마음, 이유 없이 공부하기 싫은 마음, 교사의 관심으로 마음이 따뜻해지고 잘하고 싶어지는 마음. 한국으로 돌아와 교사로 지내다 보면 점점 잊어버릴 테지만, 소중한 마음이니 한 번씩 들춰보며 아이들을 대해야겠다. 그리고 선배 교사도 후배 교사도, 우리 스스로가 서로의 귀가 되어 이야기를 온전히 들어주며 공감하는 공동체가 될 수 있으면 좋겠다.

'ㄷ'자 모양 책상 배열과 우리의 멘토 선생님

캐나다에서의 소풍, 자연이 주는 힘

나는 매우 활동적인 사람이다. 주말이면 외출하고 싶어 하고, 특히 바람과 햇살이 적당한 날엔 밖을 나가지 않으면 날이 아까워서 산책이라도 꼭 한다. 물론 도심을 탐방하고 SNS에서 유명한 장소에 가는 것도 좋아하지만, 산, 바다, 호수, 강 등 자연이 펼쳐진 장소를 더 즐긴다. 캠핑을 좋아하여 자연 속에서 산이나 바다를 바라보거나, 피톤치드를 온몸으로 받으며 숲길을 걷거나, 바다에서 조개를 잡는 것을 좋아한다. 가장 좋아하는 것은 강이나 바다를 따라 자전거를 타는 것이다. 코로나 덕분에 해외여행을 못해서 지난 4~5년 동안 국내의 곳곳을 다녔었는데, 우리나라에도 깨끗하고 멋진 자연환경이 많다는 것을 알았다. 그런데 캐나다를 방문하게 되었으니, 가기 전부터 자연환경에 대한 기대가 컸다.

우리가 머물렀던 토론토 대학 미시소거 캠퍼스는 푸른 잔디와 우거진 나무들로 나를 맞이해주었다. 벤치에 앉아 가만히 캠퍼스를 바라보는 것만으로, 캠퍼스를 따라 걷는 것만으로도, 마음이 편안했다. 하우스 메이트와 캠퍼스를 몇 번 걷거나 뛰었었는데, 그때마다 만난 거위, 토끼, 사슴, 여우는 우리가 동물과 함께 사는 존재임을 일상에서 깨닫게 해주었다. 매일 동물을 마주치니 자연스럽게 자연에 관한 관심이 높아질 수밖에 없었다.

토론토 아일랜드, 토론토인들의 한강공원

첫 번째 주말에 방문한 곳은 토론토 아일랜드였다. 토론토에서 가족들이 가장 많이 방문하는 피크닉 장소로, 서울의 한강공원 같은 곳이라고 여행 책자에 적혀있었다. 말 그대로 큰 호수 안에 있는 섬이어서 토론토 시내에서 페리를 타고 호수를 건너 방문해야 했다. 페리 탑승장에는 현지인들이 돗자리, 자전거, 공, 피크닉 바구니 등을 들고 배를 기다리고 있었다. 10분 동안 바람을 맞으며 토론토 시내를 등지고 섬을 향해 떠나는 기분은 마치 도심 속 일탈 같았다. 섬에서 가장 하고 싶었던 것은 카약을 타는 것이어서, 도착하자마자 오후 시간으로 예약하고 자전거 대여 장소로 걸어갔다. 가는 길에 비가 우두둑 와서, 오랜만에 맨몸으로 비를 맞으며 크고 푸른 나무 사이를 걷는 자유로움을 느꼈다. 섬 옆으로는 큰 호수와 토론토 시내가 펼쳐져 있었고, 비가 와서 조용해지니 순간 섬에 갇힌 듯한 기분도 들었다.

비가 점점 그쳤고, 우리는 자전거를 빌려 섬을 돌아다니기 시작했다. 나는 자전거를 참 좋아한다. 어렸을 때부터 자전거 타고 돌아다니는 것을 좋아해서, 우리 아빠는 나의 다리가 굵어질까 봐 늘 걱정하실 정도였다. 내가 자전거를 좋아하는 이유는 온몸으로 바람을 맞으며 달릴 수 있다는 점과 달릴 때 다치지 않으려고 집중하다 보면 잡생각을 덜 수 있다는 점 때문이다. 아무 생각 없이 눈앞의 풍광을 보면서 허벅지를 태우며 달리면 확실히 정화되는 기분이 든다. 그리고 사람들과 함께 자전거를 탈 때면, 같은 곳을 향해 달리지만 정작 자전거 위에 있는 나는 혼자라는 생각에 마치 세상을 살아가는 나와 그들의 모습 같아서 위로되기도 한다. 우리는 자전거를 타고 탐험하듯 토론토 아일랜드를 누볐고, 민망해서 도망쳐 나온 누드 비치까지 샅샅이 구경했다.

카약을 탈 시간이 되어 바쁘게 대여 장소로 갔는데, 같이 간 친구가 한 번도 카약을 타보지 않아서 잔뜩 겁을 먹었다. 2인용 카약을 빌렸고, 작은 물길을 따라 호수가 나올 때까지 5분 정도 저어서 나가는 코스였다. 처음 호흡을 같이 맞추는 터라 하나둘을 여러 번 외쳤고, 방향을 잘 바꾸지 못해 모래턱이나 수초에 걸리는 바람에 소리를 지르며 우왕좌왕하다가 겨우 안정을 찾았다. 열심히 노를 젓다 보니, 마치 바다와 같은 넓은 호수가 나타났다. 너무 넓어서 아이처럼 소리를 지르던 우리가 부끄러워졌고, 살짝살짝 노를 젓고 있는 우리 모습이 아주 작게 느껴졌다. 노를 멈추고 호수 위에 가만히 떠 있으니 무섭기도 하면서 그 잔잔함의 황홀에 빠졌다. 겸허해졌고, 행복했다. 자연의 아름다움과 드넓음은 내가 그 안에 있을 때 더 크게 와닿는 것 같다. 거대한 자연 안에서는 나의 많은 행동과 복잡한 생각이 아무것도 아닐 정도로 가볍게 느껴져서 마음이 가벼워진다. 자연은 가까이 할수록 득인 것 같다.

캐나다 WHAT 수다!

토론토 아일랜드에서 카약 타고 온타리오 호수로

잭 달링 비치, 호수야? 바다야?

캐나다에서 두 번 방문한 곳이 없는데, 두 번이나 방문할 정도로 내가 너무 좋아했던 장소는 잭 달링 비치이다. 우리가 머무는 곳에서 20분 정도 우버를 타고 가면 펼쳐지는 호수이다. 호수에서 수영할 수 있다는 사실이 처음에는 안 믿겼는데, 잭달링 비치는 웅장하고 고요하게 우리를 맞이해주었다. 파도까지 치는데, 모래도 있는데, 끝이 보이지도 않는데, 호수라니. 호수는 무조건 한 바퀴 돌 수 있다고 생각했던 내가 무지했다. 호수 옆 피크닉 테이블에서 삼삼오오 모여 바비큐 하는 사람들, 자유롭게 호수에서 수영하는 사람들과 강아지, 모래에 누워 일광욕을 즐기며 잠자는 사람들. 평화로운 공기가 맴돌았다. 행복이 어디 새로운 곳에 있을까. 좋은 사람들과 자연에서 여유로운 시간을 가지는 게 행복이 아닐까.

음악을 좋아하는 우리는 어딜 가든 음악을 틀었는데, 이번에도 조용한 해변에 자리를 잡고 블루투스 스피커로 음악을 들었다. 나는 우선 신발을 벗고 모래에서 갈매기들과 달리기를 하였고, 캐치볼도 했다. 어렸을 때 아빠와 하던 캐치볼인데 아직도 공을 던지고 받는 데 익숙하다니, 유년 시절이 생각났다. 공놀이를 좋아해서 '피구왕'이란 별명을 가졌었고, 매일 앞집 오빠와 야구를 하곤 했다. 같이 간 동료 몇 명은 호수에 들어가 수영을 시작했다. 호수가 넓은데 사람이 많지 않아 호수를 전세 낸 듯했다. 드넓은 호수에 오롯이 떠 있는 그들을 보니, 넓은 호수를 헤쳐 나가는 것처럼 꿋꿋이 삶도 헤쳐 나갈 수 있도록 응원하고 싶은 마음이 들었다. 호수 앞에서 물멍을 하고 있으니, 가슴이 트이고 머리가 맑아졌다. 이 느낌이 좋아서 우리는 캐나다에서 머무는 마지막 날에도 이곳을 방문했다. 햄버거와 치킨을 사서 먹으면서 다시 호수를 바라보는 동안, 캐나다에서의 짧은 나날을 되돌아보았다. 일상에서 벗어난 이 평화로운 여정이 내 삶에 힘이 될 수 있기를, 이 쉼과 함께함이 따뜻한 추억으로 남을 수 있기를, 조용히 바랐다.

나는 주말마다 일상으로부터의 쉼을 얻기 위해 자연을 탐방하려 노력한다. 한강, 강원도 바다, 태안 바다, 동네 산, 우리 집 앞 호수공원은 내가 주기적으로 방문하는 곳이다. 집순이들은 집에서 에너지를 얻는다고 하는데, 나는 밖으로 나오면 기운이 더 난다. 눈으로 푸른색을 보아야 하고, 코로 맑은 공기를 마셔야 하며, 귀로 지저귀는 새 소리를 들어야 한다. 봄에는 꽃을 보고, 여름에는 바다를 가고, 가을에는 단풍을 보고, 겨울에는 첫눈에 설레는 것을 반드시 해야 한다. 자연을 감상하는 여유는 내 삶의 활기이기 때문이다.

잭달링 비치, 추억의 캐치볼

좋은 수업 파트너,
원어민 아이들과의 의사소통

캐나다 중고등학생에게 우리나라 문화를 소개하는 수업을 하는 것이 연수의 핵심이었다. 어떤 주제로 하면 학생들과 내가 즐겁게 수업할 수 있을지 고민하다가, 딱지치기를 주제로 수업을 하기로 했다.

이 과정에서 가장 즐거웠던 일은 수업 파트너를 만나 함께 수업에 대해 나누고 준비하는 점이었다. 늘 혼자 수업을 준비하다가 파트너와 함께하니 수업을 다른 시각으로 볼 수 있었고 그 과정이 상호보완적으로 작용했다. 나는 아이디어를 툭툭 던지는 편이라면, 나의 파트너는 흐름을 꼼꼼하게 챙기는 편이라서 우리는 서로의 부족한 면을 채우며 수업 준비를 할 수 있었다.

보통 영어 교사는 학교에서 단독으로 시험 문제를 내거나 학습지를 제작하지 않는다. 수업 시수가 많으므로 보통 세 명 이상의 교사와 동일 학년을 가르치는 경우가 많고, 교육과정 재구성하는 일도 함께 협의해야 한다. 그래서 보다 건설적이고 협력적인 동료를 만나면 마음이 편하고 일하는 맛이

나는 편인데, 이번에 수업을 준비하면서 나의 파트너가 그랬다. 수업 준비라는 것이 업무처럼 칼같이 나눠서 할 수 있는 것이 아니라 각자 품을 많이 들여야 하는데, 우리는 서로 이러저러한 준비를 맡아서 하려고 했다. 좋은 동료를 만나 함께 일한다는 것은 큰 기쁨이었다. 준비 과정부터 수업을 진행하기까지 많은 의지가 되었고, 나 스스로 나태해지거나 독단적이지 않을 수 있도록 해주었다.

딱지치기 수업, 성공적인 의사소통

무엇보다 이 연수를 우리가 직접 신청했고, 영어권 학생에게 우리나라 문화를 영어로 소개하는 수업 자체가 특별한 경험이기 때문에 우리는 열과 성을 다했다. 먼저, 수업의 흐름은 이러했다. 처음 만나는 학생들에게 자기소개를 겸해 진진가(진짜진짜가짜)-two truths and one lie 게임을 했다. 3가지 문장 중에서 2개는 진실이고 1개는 가짜인데, 학생들이 가짜 문장 하나를 맞추는 게임이었다. 처음 보는 아시아계 교사가 짧은 영어로 자신을 소개하니, 아이들은 어리둥절해하며 조용한 분위기를 유지했다. 하지만 한국 게임인 딱지를 소개하겠다면서 딱지 치는 법을 영상으로 알려주었는데, 그때부터 점점 흥미를 갖기 시작했다. 영상은 미리 한국에서 우리 반 아이들과 촬영했는데, 아이들이 딱지 치는 법을 연기하면서 영어로 소개하는 내용이었다. 활발한 모습의 아이들이 한국 교복을 입고 딱지 치는 모습은 캐나다 학생들의 흥미를 충분히 끌 만했다.

여러 종류의 종이로 만든 딱지를 소개하고 직접 해볼 수 있게 했는데, 그때부터 학생들은 더 신이 났다. 우유 팩, 신문지, 잡지, 달력으로 미리 만들어간 딱지를 모둠의 학생들에게 하나씩 나눠주면서 딱지를 칠 때 어떤 종이로 만든 딱지가 더 좋은 딱지일지 토의해 보도록 했다. 어떤 자세로 딱지를 치는 것이 좋을지도 함께 이야기해 보도록 했다. 다들 생전 처음 해보는 딱지 게임을 꽤 즐기는 것 같았다. 모둠 토의가 끝나고 발표하도록 했을 때, 학생들은 스스럼없이 손을 들고 자신의 의견을 말했고 모두가 경청했다. 생각보다 정돈되고 조용한 수업 분위기가 신기했다. 왠지 외국이라 더 시끄럽고 정신없을 줄 알았는데, 더 차분하고 집중을 잘하는 분위기였다. 그 이후에는 예쁜 한지 색종이로 딱지를 접는 방법을 알려주었다. 딱지 접는 방법은 수업 파트너 선생님의 학생들이 영상으로 찍어왔는데, 이를 보고 캐나다 학생들은 딱지를 따라 접었다. 중간에 접는 것이 어려워 도움을 청하는 학생들도 있었다. 딱지의 유래와 다른 문화권에서의 비슷한 놀이를 소개하고 수업은 끝이 났다. 얼떨결에 2시간 정도의 수업을 끝냈는데, 여전히 학생들과는 어색했다. 우리의 수업을 즐겼는지 궁금했는데, 수업 후 쉬는 시간에 바로 알게 되었다. 직접 만든 딱지로 교실 곳곳에서 깔깔거리며 딱지치기를 하는 것이었다. 몇몇 학생들은 수업이 너무 좋았고 유익했다면서 피드백을 해주었고, 덕분에 참 뿌듯했다.

솔직히 수업 전에 가장 걱정했던 부분은 의사소통이었다. 수업이야 준비를 치열하게 해가면 되지만, 학생들이 질문했을 때 내가 못 알아들으면 어떻게 하나, 나의 말을 학생들이 못 알아들으면 어떻게 하나 걱정이 많았다. 원어민들에게 비원어민이 무언가를 알려준다는 것은 언어적 부담이 있을 수밖에 없다. 하지만 다행히도 나의 영어 실력은 의사소통할 수 있는 정도 이상은 되었고, '그래도 아직 난 영어 교사로 나쁘진 않구나. 외국인도 가르칠 수 있구나.' 하는 안도감과 자신감을 가질 수 있었다.

TEE^(Teaching English in English)는 교사 임용고시를 준비할 때 준비해야 하는 부분이었고, 영어과 수업지도안부터 대표 연구수업 등을 모두 영어로 할 것을 한창 권장할 때가 있었다. 학생들이 영어에 노출되는 시간이 많아야 하니, 수업을 영어로 하는 것이 효과적이라는 이론이다. 물론 나도 이 말에 동의한다. 그래서 나 또한 교사 초창기 때는 교실영어^(Classroom English) 관련 책을 사서 읽고 연습하면서 수업 시간에 영어를 쓰려고 엄청난 노력을 했다. 하지만 현실에서는 학생들의 수준을 고려할 수밖에 없었다. 영어 학업 수준이 전반적으로 높은 교실에서는 영어를 사용해도 괜찮지만, 영어 수준이 다양하거나 수준이 높지 않은 교실에서는 영어 사용 자체가 무리일 때가 있기 때문이다.

한국 영어 교사는 정해진 수업 시간에 가르쳐야 할 것이 많다. 어휘, 문법, 독해 등을 영어로 알려주는 것은 시간적 소모가 많기도 하고 가끔은 더 많은 혼란을 일으킬 때도 있으므로 영어 사용은 어렵게만 느껴졌다. 그래서 어느 순간부터 교실에서 영어를 사용하지 않게 되었다. 어려운 개념을 설명하거나 독해할 때를 제외하면 교실영어를 사용할 수 있을 때도 말이다. 그런데 이번에 캐나다 연수를 다녀온 이후에 다시 큰 용기를 내보았다. 교실에서 한동안 영어를 사용하지 않다가 하려니 쑥스러웠다. 그런데 영어를 사용하니 학생들이 조금 더 집중하는 모습을 보였다. 안내 사항을 영어로 말하니 더 귀 기울여 들었고, 교사의 말을 이해하고 다른 친구들에게 통역해 주는 열정도 보였다. 그래서 요즘은 수업 시간에 교실영어를 적절하게 사용해 보고 있다. 다소 시간이 걸리고 한국어로 다시 말하는 순간도 있지만 노력 중이다. 이러한 자극과 새로운 시도는 힘들더라도 꼭 필요하다.

교실에서 나는 혼자이다. 수업에 대한 주도권은 늘 나에게 있다. 그래서 가끔 나는 자만할 때가 있고 나태해질 때도 있고 어떨 땐 숨기고 싶은 수업도 있다. 그래서 가끔 스스로 질문한다.

수업이 굳어 있지는 않은지, 유연하고 가끔 새로울 수 있는지.

수업을 오래 해왔다는 자만심에 대한 경계, 다른 의견과 교수 방법을 받아들일 수 있는 포용력, 수업을 나눌 수 있는 개방성을 유지하고 있는지.

딱지치기 수업, 비원어민 교사가 원어민 학생에게

캐나다 WHAT 수다!

딱지를 열심히 접고 있는 캐나다 학생들

LCBO, LGBTQ+
: '주류 판매 매장'이 아니라, '성소수자' 라고요!

캐나다에서는 마트에서 술을 팔지 않는다. 대신 곳곳에 LCBO(Liquor Control Board of Ontario) 가게가 있고, 그곳에서만 주류를 구매할 수 있다. 연수에서 LGBT에 대해 배웠는데, 몇몇 연수생들은 이 개념이 다소 생소하여 종종 LCBO와 LGBT를 헷갈리곤 했다. 덕분에 우리는 자연스럽게 LGBT라는 용어에 익숙해졌다.

LGBTQ+. Lesbian, Gay, Bisexual, Transgender, Queer Plus. 엘지비티큐플러스.

우리나라에서는 잘 언급되지 않는, 들어보기 어려운 개념이다. 연수 과정 중에 다양성에 대한 수업을 들으면서 이런 개념에 대해 자세히 배우게 되었다. 연수 강사는 삼촌이 성소수자셨는데 사회적 억압과 스트레스를 이기지 못하고 스스로 목숨을 끊으셨다는 힘든 이야기를 조심스럽게 꺼냈고 수업은 시작되었다. 본인은 이성애자(straight)임에도 불구하고 현재 학교에서 성소수자 학생 동아리를 만들어 운영하고 있다고도 했다. 캐나다는 동성

혼이 합법이다. 하지만 주변의 불편한 시선들과 삶에서 겪는 어려움, 자신의 정체성에 대한 부정적 견해로 혼란을 겪는 청소년들이 제법 있다고 했다. 그런 학생들을 공식적으로 지지 해주고 본인의 정체성에 대해 충분히 고민하고 자존감을 유지하게 돕기 위해 동아리를 만들었다고 했다. 다양성을 추구하는 캐나다임에도 불구하고, 이 동아리에 대한 학부모들의 민원이 가끔 있는데 학교 측에서 100% 지지해 주며 이 교육활동을 불편함 없이 진행하도록 돕는다고 한다. 그만큼 다양성 교육에 대해 캐나다는 진심이었다. 평소 사회적 약자에 대한 관심이 제법 있는 나임에도 불구하고, 이러한 부분을 교육에 녹아내고 있는 캐나다 교육 현장 이야기를 들으니 놀랍기도 했고 한편으로는 부럽기도 했다. 우리나라에서 성소수자에 대한 이슈를 교육에 접목하기는 다소 어렵기 때문이다.

학교에도 분명 성소수자는 존재한다. 수면 위로 올라오지 않아서 우리가 잘 모를 뿐이라고 생각한다. 실제로 이러한 문제로 고민하며 나에게 상담을 청했던 학생들이 있다. 스스로 친구들에게 커밍아웃하거나 SNS를 통해 공개적으로 커밍아웃한 학생들도 있다. 성적 지향 및 성별 정체성에 대한 자아존중감이 낮아 위기 상황에 놓인 청소년 성소수자를 상담하고 지원하는 비영리단체도 있고, 교사 단체도 있다. 학생들은 이미 매체를 통해 성소수자에 대해 알고 있고, 이러한 현상을 자연스럽게 받아들이는 아이들과 수박 겉핥기식으로만 파악하고 부정적인 태도를 보이는 아이들도 있다. 중요한 건, 청소년 성소수자들은 이미 존재한다는 사실이다. 그런데 우리 교육 현장에서는 이러한 부분에 대해 충분히 생각해 보고 이야기할 수 있는 시간과 마음의 여유가 있는가?

우리나라는 집단주의가 강한 나라이고, 집단주의적 공동체 의식이 권장되는 덕목이기도 하다. 월드컵이나 올림픽에서도 응원을 가장 열심히 하는 나라이고, 우리 동네, 우리 학교 등 각자의 울타리를 둘러싼 단체에 속하는 것을 좋아하며, 단합력이 우수하여 소속집단에 대한 애착심이 크다. 그래서 서로 도와주고 챙기는 등 가끔 타인에게 오지랖을 부리며 살아간다. 나 또한 어떤 단체에 속하면 안정감이 들고 애심이 커져서 단체 안의 사람들과 함께하는 삶을 무척이나 좋아한다. 학교에도 담임제도가 있고, 우리 반이라는 개념이 있으며, 아이들은 우리 반에 대한 애심이 매우 가득하다. 그런데 가끔은 이러한 소속감과 집단의식이 너무 강해서 그 안에서 배타성이 자동으로 생성될 때가 있다. 집단 내에 충돌되는 의견을 낼 때 수용되기가 쉽지 않고, 공통의 기준과 다를 때 색안경을 끼고 보기 십상이다. 다름을 이야기할 때 자신이 있는가? 다른 사람의 다름을 받아들일 정도의 포용력이 있는가? 여러 생각이 들었다.

우리는 얼마나 준비가 되어있을까?

캐나다에서 성소수자에 대한 연수를 들을 때, 같이 갔던 연수생 중에 한 선배 교사가 자신의 경험을 공유해주셨다. 그 교사의 학급에서 한 학생이 공개 커밍아웃을 했고, 그에 대해 학급 학생들이 응원해 주었다고 했다. 역시 아이들은 우리보다 훨씬 따뜻하고 포용적일 때가 많은 것 같다. 담임 교사로 자신도 그 학생을 응원하기 위해 휴대폰 바탕화면을 무지개^(성소수자 지지 표시)로 해두었다며 화면도 보여주셨다. 분명 그 작은 응원은 성소수자 학생이 남들과는 조금 다른 삶을 살아도 괜찮다는 위안을 전해주었을 것 같아 마음이 따뜻했다. 그리고 내가 가르치는 학생과 학급에도 이런 상황이 있을 수 있겠다고 생각했다. 우리 반에 성소수자 학생이 있다면, 나는 당황하지 않고 그를 공개적으로 응원해 줄 수 있을까? 너무나 당연한 지지겠지만, 그러한 환경에 있어 본 적이 없어서 당황할 수도 있겠다. 하지만 제대로 배운 만큼 당황하고 싶지 않다.

캠퍼스에서 발견한 lgbt q+ pride 관련 행사 포스터

우리는 다름에 대해 얼마나 배우고 있으며, 얼마나 생각할 시간을 가지고 있을까? 이런 다름에 대해 한 번쯤 고민도 해보지 않고 그저 비판만 하

는 사람들이 있는 건, 그만큼 이 주제에 대해 배우기도 어렵고 자유롭게 이야기하기도 어렵기 때문이라고 생각한다. 학교에서 이미 사회적 소수자에 대한 교육이 이루어지고 있지만, 이러한 교육을 학생들의 마음에 와닿도록 하기란 쉽지 않다.

캐나다에서는 무지개 표시를 곳곳에서 볼 수 있다. 스타벅스 카페에 가도 환영한다는 표시의 깃발이, 바디용품 상점에 가도 무지개무늬가 들어간 상품이, 화장실에 가면 all gender 표시가 있었다. 모든 사람을 차별 없이 환영한다는 것을 눈으로 보게 되니, 나 또한 다름을 자연스럽게 받아들이게 되는 느낌이었다. 어쩌면 일상생활 속에서 보여줄 수 있는 이러한 작은 배려를 확대하는 것도 학생들의 인식을 개선할 수 있는 효과적인 방법일지도 모른다. 소수자에 대한 진정성 있는 교육과 다양성 존중에 대한 사회적 노력을 통해 우리 학생들이 사회적 약자, 혹은 소수자의 다양한 삶의 방식을 존중하고 이해하는 어른으로 성장하면 좋겠다.

스타벅스와 무지개 깃발

Happiness

: 더 넓은 세상으로 향하는 행복

하승희(Christine쌤)

CHAPTER 4

K-food to the World

한국의 영어 교사로서 캐나다 중, 고등학생들에게 한국 문화 수업을 할 좋은 기회가 생겼다. 바로 경기도 영어 교사 심화 연수 프로그램이었다. 2023년 2월, 우연히 확인한 공문에서 토론토 근방의 공립 중, 고등학교에서 수업 실습도 하고 연수도 받을 수 있는 심화 연수 프로그램이 있다는 것을 확인했다. 한 치의 고민도 없이 바로 지원서를 넣었는데 감사하게도 프로그램에 선발이 되었다. 교사가 처음 되었을 때의 초심으로 돌아가 영어 교수법, 교육과정, 수업 및 평가, 수업 설계 등 다양한 분야를 배우며 캐나다 현지 학교에서의 수업을 위한 준비와 고민을 시작했다.

가장 첫 번째 고민은 수업 주제였다. 학생들이 한국이라는 나라에 대해 알고 있는지, 한국 문화에 관심이 있는지를 전혀 알 수 없는 상태에서 수업 주제를 정하기란 쉽지 않았다. 그래서 가장 일반적이고 보편적이면서 누구에게나 흥미를 끌 수 있을 만한 '음식'을 주제로 선정했다. 최근 한류 열풍과 함께 한국 문화가 전 세계적으로 주목받으면서 한국 음식 또한 그 인지

도가 높아졌다. 특히 2021년, 한국 음식과 관련된 단어(반찬, 불고기, 치맥, 동치미, 갈비, 잡채, 삼겹살, 김밥 등)가 옥스퍼드 사전에 등재되면서 한국에 관한 관심과 위상이 많이 높아졌음을 실감할 수 있었기 때문에 한국 음식을 소개해 보고 싶었다. 학생들에게 음식을 소개하며 맛을 볼 수 있게 한다면 적어도 호기심 어린 눈으로 수업에 적극적으로 참여하지 않을까 하는 기대감이 생겼다.

주제가 정해지고 나니 다음 고민이 생겼다. 어떤 음식을 소개해야 할까? 김밥? 잡채? 불고기? 직접 캐나다에서 공수할 수 있는 한국 음식이 있으면 좋겠지만 사전 정보가 없으니, 최대한 한국에서 가져갈 수 있는 음식으로 선정해야만 했다. 유통기한이 길고 실온 보관도 가능한 음식을 찾다 보니 요즘 한창 유행 중인 '약과'가 눈에 들어왔다. '이거다! 남녀노소가 모두 좋아하는 국민 간식이자 보관도 쉽고 가격도 적당해서 모든 학생에게 나눠줄 수 있겠군!' 하는 생각이 들었다. 약과뿐 아니라 유과, 정과, 엿 등 한국 전통 디저트를 소개하는 것으로 가닥을 잡았다.

구체적인 주제가 정해지고 나서는 수업 방식에 대한 고민이 시작되었다. 한국 음식에 대한 배경지식이 전혀 없다는 가정하에 학생들의 관심을 충분히 끌어내고 학생이 수업의 주체가 되는 수업을 디자인하고 싶었다. 그래서 수업 도입부에서는 한국 전통 디저트 먹방 유튜브 영상을 보여주고 모둠별로 정해진 디저트를 맛보며 재료 및 유래에 대해 학습한 후, 전체 학생을 대상으로 발표를 시키기로 했다. 마무리 활동으로는 지역사회에 한국 전통 디저트 카페를 차린다면 팔고 싶은 시그니처 메뉴 홍보자료 만들기를 계획했다. 물론 시식도 빼놓을 수는 없다. 이렇게 수업을 디자인한 후 영어 심화 연수 선생님들과 지도진 앞에서 micro teaching(소규모 모의수업)을 하고 피드백을 거쳐 수업지도안을 최종적으로 완성하였다. 이제 캐나다로 갈 날만 남았다. 한국 출국 전 미리 약과, 유과, 정과, 엿 등을 넉넉히 구매해 두었고, 곁들일 음료에 필요한 유자청, 오미자청, 그리고 매실 음료를 준비했다. 덕분에 캐리어는 무거웠지만 캐나다 학생들에게 한국 전통 디저트를 소개할 생각을 하니 캐리어의 무게쯤은 아무런 문제가 되지 않았다.

낯선 공간에서 떨림을 안고 출근한 첫날

캐나다 미시소거에 도착하자마자 시차 적응을 할 새도 없이 바로 우리가 수업할 St. Marcellinus secondary school로 출근했다. 학생들도 계절학기의 첫날이자 우리 심화 연수 교사들에게도 첫 출근 날이었다. 떨리는 마음으로 학생들 앞에서 간단히 자기소개를 했는데, 생각했던 것과는 달리 반응이 시큰둥했다. 시큰둥했다기보다는 어색함이 더 커 보였다고 하는 것이 맞겠다. 이유를 곰곰이 생각해 보니, 여름 계절학기 수업(Summer school)을 수강하기 위해 지역사회의 각기 다른 학교에서 온 학생들이 한 반에 모여서 수업을 듣는지라 친구들끼리도 서로 처음 보는 상황이었던 것이다. 새 학기의 어색함이 가득한 교실에서 수업을 해야 한다고 생각하니 부담감이 너욱 커졌고, 내가 준비한 수업이 생각보다 호응이 없을 수도 있겠다는 생각에 걱정이 되기도 했다.

출근 3일째, 드디어 수개월간 준비했던 수업을 하는 날이 다가왔다. 교직 경력 10년이 훌쩍 넘었음에도 수업할 생각에 이렇게 떨리기는 또 처음이었다. 대상은 중3~고1 정도의 학생들 30명이었고 Civics(시민) 수업을 수강 중인 학생들이었다. 긴장되는 마음을 겨우 감추며 학생들을 다섯 개의 모둠으로 배치하였고 같이 연수를 듣는 동기 선생님들도 수업에 들어와 각종 디저트와 음료와 수업 재료 세팅을 도와주셨다. 수업 도입 부분에는 한국 전통 디저트 먹방 영상을 잠깐 보여주었는데, 평소 수업할 때 조용하던 학생들이 웅성웅성하며 관심을 보였다. 다채로운 음식의 색깔에 대해 신기해하는 학생도 있었고, 음식 먹방 소리가 재미있는지 키득키득 웃는 학생들도 있다. 영상 시청 후에는 각 모둠원에게 약과, 유과, 정과, 엿, 강정을 먹어보게 하고, 각 디저트의 유래와 재료, 레시피 등의 정보가 담겨있는 단서 카드를 나누어준 후 학습지에 간단히 내용을 정리하도록 했다. 수업 시간에 간식을 먹는다는 것 자체가 학생들을 흥분시켰는지 아니면 평소 먹어보지 못하던 새로운 음식을 먹어봐서였는지 모르겠지만 학생들은 적극적으로 디저트를 먹어보고 그 맛을 서로 공유했고 순식간에 교실은 시끌벅적해졌다.

한국의 전통 간식을 시식하며 의견을 나누고 있는 캐나다 학생들

단연코 가장 인기 있는 간식은 약과였다. 학생들은 약과를 'flower cookie'라고 불렀다. 쫀득하고 달콤하지만 너무 달지는 않은 그 맛이 학생들의 입맛을 사로잡은 모양이다. 그래서인지 마무리 활동으로 한국 디저트 카페의 시그니처 메뉴를 만들라고 했을 때, 약과를 내놓겠다는 모둠이 총 다섯 모둠 중 네 모둠이나 되었다. K-디저트의 전파에 내가 조금이나마 기여한 것 같아 뿌듯해지는 순간이었다.

캐나다 학생들이 작성한 한국 디저트 카페의 시그니처 메뉴 홍보자료

동료 선생님들의 도움과 학생들의 적극적인 참여로 수업은 성공리에 마무리되었다. 예상과는 달리 학생들이 한국 문화에 꽤 많은 관심과 호기심을 가지고 있었고, 새로운 음식을 먹어보는 것에 거부감을 보이지 않았다. 약과 구매처를 진지하게 물어보는 학생도 있었고, 뜬금없지만 K-팝을 사랑한다며 고백하는 학생, 작은 도움에도 감사함을 표현하며 미소 짓는 학생, 수업 이후에 따로 찾아와 수업이 너무 좋았다며 고마움을 표현해 주는 학생도 있었다. 나는 한국 전통 디저트 수업을 어떻게 잘할 수 있을지만 고민해 왔는데, 이 한 번의 수업을 하면서 내가 느낀 것은 수업 그 이상이었다. 캐나다 학생들의 열린 마음, 배움에 대한 열정, 때 묻지 않은 순수함, 그리고 교사에 대한 존중이 자연스레 몸에 밴 모습이 벅찬 감동으로 다가왔다. 그동안 조금은 무뎌졌던 교사로서의 사명감과 열정이 다시 꿈틀거리

기 시작했다.

해외에서 학생들에게 직접 한국 문화를 소개할 수 있는 기회는 앞으로도 흔치는 않을 것이다. 2023년 여름, St. Marcellinus secondary school에서의 소중한 경험은 앞으로도 영어 교사로서 자기 계발을 끊임없이 하도록 동기부여가 되었고, 교사라는 나의 정체성을 더욱 확고하게 만들어주었다. 배움이 일어나는 현장에서 행복감을 느끼고, 살아있는 학생들의 눈빛에서 에너지를 받으며, 학생들에게 성장의 밑거름을 줄 수 있는 교사여서 오늘도 나는 행복하다.

발레로 인생을 배우다

    나는 15년 차 영어 교사이자 3년 차 취미 발레인이다. 교직 생활하랴, 육아하랴, 딱히 이렇다 할 취미가 없이 본업에 충실한 하루하루를 살고 있다가 우연히 접한 발레 수업이 다소 무료해진 나의 삶에 생기를 불어넣어 주었다. 이제는 발레가 나의 인생에 시나브로 스며들어 발레 없는 삶은 상상하기 힘들어질 정도가 되었다. 뻣뻣하기 그지없고 운동이라고는 해본 적도 없던 내가 발레에 빠지게 된 건 어찌 보면 '나'에게 온전히 집중할 수 있는 그 하루 1시간의 발레 수업 시간이 너무 소중해서였는지도 모른다.

    캐나다로 영어 심화 연수를 가게 되었다는 것을 알았을 때, 영어 교사로서 나에게 새로운 자극과 도전이 될 것이라는 큰 기대감과 동시에 '캐나다에 가면 현지 발레를 배울 수 있는 건가?'라는 설렘에 한동안 아이처럼 들떠있었다. 이번 연수에서 머물게 될 토론토대학 미시소거 캠퍼스 주변의 발레학원을 검색해 보았다. 미시소거는 작은 도시라고 생각했는데 꽤 많은 댄스학원이 검색되었다. 조금 더 넓혀 미시소거에서 30분 거리인 토론토 지역까지 검색했는데, 세상에나 캐나다 국립발레단(The National Ballet of Canada)이 있는 것이 아닌가? 홈페이지를 검색해 보니 일반인들이 상시로 수강할 수 있는 drop-in class도 시간별로 개설되어 있었다.

캐나다 현지 학교에서의 공개수업도 마치고 나니 중요한 숙제를 끝낸 것처럼 한결 마음이 홀가분해졌다. 용기를 내어 오후 7시 beginner level 1 발레 수업을 등록하고 토론토로 향했다. 발레 홀은 어떻게 생겼는지, 선생님은 어떤 분일지, 같은 수강생들은 어떤 사람들일지 온갖 상상의 나래를 펼치느라 지루할 틈도 없이 토론토에 도착했다.

캐나다 국립발레단 입구 전경

캐나다 국립발레단 건물은 토론토 하버프론트의 근처에 있었다. 수업 시작 시각 30분 이상 일찍 도착하여 선선한 토론토 공기와 따사로운 햇살을 맞으며 여유롭게 하버프런트 주변을 한 바퀴 산책한 후, 떨리는 마음을 안고 발레단 입구로 들어섰다. 프론트에서 예약 내용을 이야기하니 친절하게 탈의실 및 강의실에 대해 안내해 주었다. 일찍 도착해서 그런지 모든 강의실이 텅텅 비어있어서 강의실을 하나하나 둘러보았다. 사실 나는 발레를 동네 문화센터에서 배운 터라 수업환경이 좋지는 않았다. 오래되고 반질반질하게 닳아 미끄러운 마룻바닥에 창문 하나 없이 사방이 막혀있는 답답한 구조인 데다가 수강생이 20명 내외로 북적거려 움직일 수 있는 공간이 충분하지 않았다. 그런데 이곳의 강의실에 들어서니 충고는 높디높고 커다란 통창 밖으로 초록초록한 나뭇가지가 바람에 살랑살랑 흔들렸다, 내가 발레 홀에 온 게 아니라 마치 분위기 좋은 카페에 온 것 같은 착각이 들 정도였다. 거기다가 홀은 또 어찌나 큰지, 내가 다니던 문화센터 홀 크기의 족히 두 배 이상은 되어 보였다. 7시에 가까워지니 하나둘 수강생들이 입장했다. 80세는 훌쩍 넘어 보이고 앙상하게 마른 할머니부터, 발레 전공생처럼 보이는 앳된 여학생까지 인종도 나이도 정말 다양한 수강생들이 모였다. 중년의 발레 선생님과 수업 중 실시간으로 피아노를 연주해 주실 연주자 선생님도 도착하셨다.

한국의 문화센터 수업만 받아본 나는 캐나다 국립발레단 산하기관에서 정식 수업을 받는다는 것이 너무나도 벅찼지만, 한편으로는 수업을 하나도

따라가지 못할까 봐 걱정되었다. 그러나 아름다운 선율과 함께 Plie^{(다리를 구}

_{부린다는 뜻. 발레의 가장 기본 동작으로, 바(bar)에서 이루어지는 수업의 가장 첫 번째 순서)}를 시작하니,

한국에서 배운 것과 크게 다를 것이 없는 것 아닌가? 영어라는 언어로 세

계인과 의사소통이 가능한 것처럼, 발레라는 몸의 언어로 캐나다라는 이국

땅에서 하나가 되는 동질감을 느낄 수 있는 순간이었다. 1시간 30분 동안

이어진 캐나다에서의 첫 발레 수업은 나에게 설렘과 안도감 그리고 앞으로

의 수업에 대한 기대감을 주기에 충분했다.

캐나다 국립발레단 Director's Studio 전경

발레는 나 자신과 만나는 시간

　두 번째 발레 수업은 밝은 미소가 인상적인 짧은 곱슬머리의 선생님에게

배웠다. 다소 어색할 수 있는 만남이었는데 홀을 들어오면서 가벼운 농담

을 던지며 아이스브레이킹을 하는 선생님을 보니 한결 기분이 좋아지고 시작하기도 전에 벌써 기대감이 생겼다. 그리고 나의 예감은 틀리지 않았다. 센터로 나와 턴(turn) 동작을 연습할 때였다. 나는 발레 동작 중 턴 동작에 가장 자신감이 없는 편이다. 몸의 비대칭이 심하기도 하고, 발목 힘도 약하고 겁도 많아서 한 바퀴 혹은 두 바퀴 턴을 깔끔하게 도는 것을 성공한 적이 손에 꼽힐 정도이다. 여느 때와 다름없이 비틀거리며 자신감 없는 턴을 선생님 앞에서 선보이고 난 후 나는 자괴감에 빠져있었다. '한국에서도, 캐나다에서도 턴은 엉망이구나!' 내 모습을 본 선생님은 활짝 웃으며 전체 클래스를 향해 소리치셨다.

"턴 동작이 안된다고 속상할 필요 없어요.

오늘 안되면 내일 또 하면 되고,

내일 안되면 모레 또 하면 되죠.

1년이 지나도 안되면 어떡하냐고요?

기억하세요.

우리는 취미로 발레를 배우는 사람들이에요.

우린 완벽할 수 없어요.

발레 배우는 이 시간을 즐기고 있다면

그걸로 된 거 아니겠어요?"

잘 해내야만 한다는 강박에 스트레스를 받던 나에게 갑자기 한 줄기 빛이 쏟아지는 것 같았다. 내가 애초에 발레의 매력에 빠졌던 이유가 바로 '나 자신만을 위한 시간의 소중함'이 있었기 때문인데, 어느 순간부터는 동작이 원하는 대로 되지 않거나 내 몸의 한계가 느껴지면 기분이 가라앉았던 것이 사실이기 때문이다. 선생님의 응원을 들으니 자신감이 되살아나며 수업을 듣고 있는 그 순간 자체를 즐길 수 있게 되었다.

선생님의 수업은 늘 통통 튀며 생기가 넘쳤다. 수업 중간중간 재치 있는 메시지로 수강생들에게 웃음을 안겨주었고, 동작을 어려워할 때는 '틀려도 괜찮다, 잘하고 있다.'며 용기를 북돋아 주었다. 선생님의 긍정적이고 확신을 주는 작은 코멘트가 나에게는 위로와 힐링이 되었고 자신감이 점점 샘솟아났다. 동작이 잘 되지 않아도 좌절하기보다는 더 잘해나가기 위한 과정이고, 그리고 지금도 충분히 잘하고 있다고 내 자신을 다독이며 그리고 나에게 온전히 집중하며 행복한 마음으로 발레 수업을 즐겼다.

3주의 짧은 기간 동안 접했던 캐나다 국립발레단에서의 발레 수업은 1년이 지난 지금도 선명하고 강렬하게 기억 속에 남아있다. 나이, 인종, 국적을 초월하여 땀 흘리며 함께 배운 발레는 언제 또다시 경험해볼지 모르는 소중한 추억이 되었고, 교사인 나에게 발레 선생님의 긍정적인 마음가짐과 적절한 동기부여는 학생들에게 더 좋은 영향을 주는 교사가 되고픈 긍정적인 자극이 되었다. 무엇보다도 발레를 통해 더 많은 경험을 하고 더 넓은 세상을 바라볼 수 있어 행복했던 2023년 여름을 오래도록 간직하고 싶다.

안전한 공간의 힘

Create a safe learning environment for students. (학생들에게 안전한 학습환경을 만들어라)

영어교육을 전공한 사람이라면 한 번쯤 책에서 접했을 문장이다. 안전한 학습환경이란 신체적으로 안전하고 편안하다고 느끼는 물리적인 환경을 말하기도 하고, 학생들의 인격이 존중되고 안전하다고 느낄 수 있는 정서적인 환경을 의미하기도 한다. 안전한 학습환경을 조성하는 요인은 여러 가지가 있을 수 있지만, 이번에 내가 캐나다 영어 심화 연수에 교사이자 학생으로 참여하며 특히 와닿았던 '교실 환경'에 대해 이야기해 보고자 한다.

캐나다에 도착한 첫 일주일은 St. Marcellinus Secondary school(한국의 중, 고등학교)에서 보냈다. 학교의 규모가 굉장했다. 우리나라 학교의 중앙현관 같은 main entrance를 지나니 높은 층고와 넓은 홀에 압도되는 느낌이 들 정도였다. 담당하게 될 교실에 들어갔을 때는 우리나라 중, 고등학교와는 사뭇 다른 느낌이었다. 마치 대학교 강의실에 들어온 것 같은 기분이었다.

캐나다 WHAT 수다!

2인용 긴 책상이 세 줄씩 배치되어 있고 교실 앞에는 빔 화면이 크게 자리 잡고 있었다. 캐나다의 교실이라면 굉장히 자유분방하고 밝은 분위기일 것이라고 상상했지만 오히려 그 반대였다. 물론, 내가 일주일 동안 참관했던 수업은 여름 방학 기간에 개설된 Summer school^(다음 학기의 학점을 미리 채우거나, 이전 학기의 성적이 좋지 않아 재수강해야 하는 강의)였기 때문에 일반적인 수업의 분위기와는 다소 다를 수 있다.

수업 첫 시간, 선생님은 학생들에게 학교 및 교실에서의 규칙을 설명해 주셨는데, 그 내용은 다음과 같았다.

1. 등교 시 선생님이 교실에 없을 때 학생은 입실할 수 없음

2. 부적절한 복장을 한 경우 집으로 돌려보냄

3. 모자 착용 금지

4. 교실에서 음식 및 음료 섭취 금지

5. 수업에 필요한 경우 제외하고 핸드폰 사용 금지

St. Marcellinus Secondary school 여름학기 프레젠테이션 자료

내가 생각했던 자유분방함과는 다소 거리가 멀었고 오히려 한국보다도 더 통제적인 분위기였다. 심지어 화장실을 다녀올 때에도 허락을 받고 명부에 이름, 화장실 간 시간과 돌아온 시간을 적어야 했다. 수업 시간에는 주로 강의식 수업이 진행되었고 과제는 주로 구글 클래스룸을 이용하여 제출하는 개별과제 형식이 많았다. 학생들의 자유로운 발화나 소통보다는 교사의 지식 전달 비중이 높은 수업이 대부분이었다. 학생들의 얼굴도 다소 굳어 있고, 수업 중 몰래 딴짓하는 학생들도 보였다. 내가 막연하게 상상했던 자유롭고 살아있는 수업 분위기와는 사뭇 달랐지만, 역시 교육 현장은 어디든 비슷한 게 아닐까 싶기도 했다.

St. Marcellinus secondary school에서 일주일간의 실습을 마치고 러닝 센터(Learning center)에서 2주간 영어교육에 관한 강의를 들었다. 강의를 해주시는 분은 현지 공립중학교 선생님 두 분이셨다. 처음 강의실에 들어선 순간 예쁜 앞치마를 매고 커피를 내리며 환한 미소로 우리를 환영해 주는 선생님을 보니 갑자기 마음이 편안해졌다. 교실 곳곳에 놓여있는 아기자기한 소품, 정갈하게 놓여있는 찻잔, 커피 그리고 쿠키, ㄷ자 모양으로 배치된 책상, 그 안에 놓여있는 짐볼과 무스코카 의자(Muskoka chair, 야외에서 주로 사용하는 팔걸이가 달려 있고 기울어진 등받이가 있는 나무 의자). 긴장된 마음이 한순간에 녹아내린 순간이었다. 선생님은 수업 중 언제든 필요하면 차와 커피나 간식을 마셔도 되고, 원한다면 언제든 짐볼이나 무스코카 의자(Muskoka chair)에 앉아서 수업을 받아도 된다고 강조하셨다.

Learning center에서 보낸 2주는 하루하루가 지나가는 것이 아까울 정도였다. 그 포근한 강의실에서 함께 티타임을 가지며 대화의 물꼬를 트기도 했고, 점심 식사 후 노곤해질 때면 짐볼에 앉아 졸음을 쫓기도 했다. 모둠별로 문제 해결을 해야 할 때는 무스코카 의자(Muskoka chair)에 기대앉아 편안하게 의견을 주고받기도 했다. 공간의 편안함이 주는 힘은 대단했다. 하루 반나절 이상을 같은 공간에서 보내야 했지만, 지루하거나 불편한 감정보다는 여유로운 마음이 생겨 수업에 더욱 집중할 수 있었고, 더욱 나 자신에게 솔직해져 함께 수업을 듣는 동료 선생님들과 깊은 내면의 대화를 나눌 수도 있었다.

연수받는 동안 교실에 항상 준비되어 있던 따뜻한 차

심화 연수를 다녀온 지 1년이 다 되어가는 지금. 캐나다 러닝 센터(Learning center)에서 학생으로 지낸 2주간의 기억을 떠올리면 입가에 미소가 지어진다. 현지 교사와 동료들과 서로 소통하며 깊은 배움을 경험할 수 있었던 것은 몸과 마음이 편안했던 환경의 영향이 컸다. 한국의 딱딱하고 일률적인 교실 환경에서 학습하고 있는 우리 학생들을 생각하니, 나부터라도 변화를 줘야겠다는 생각이 들었다.

안전한 교실 환경이 주는 효과

한국에 돌아와서 2학기 수업을 준비할 때 가장 먼저 내가 한 것은 대부분의 수업을 하는 장소인 어학실의 책상 배치를 ㄷ자로 바꾸는 것이었다. ㄷ자로 책상을 배치한 후 교실 앞에 서보니 오히려 시야가 확보되어 모든 학생을 관찰하기가 더 편해짐을 느낄 수 있었다. 그리고 개방적이고 참여적인 분위기를 조성하여 학생들이 더 수업에 적극적으로 참여할 수 있으리라는 기대감이 커졌다. 학생들의 반응은 긍정적이었다. 서로의 얼굴을 마주 보며 수업하는 것을 조금 부끄러워하기도 했지만, 학생들의 얼굴에 미소가 번졌고 교실 전체의 의사소통이 훨씬 부드러워졌고 상호작용이 활발하게 일어나는 것을 관찰할 수 있었다. 쉬는 시간에는 자기들끼리 파도타기를 하며 깔깔 웃기도 했다. 학생들이 중심이 되고 학생의 발화가 많은 수업, 무엇보다 즐거운 수업이 진행되는 모습을 보니 내가 더 행복해졌다.

캐나다에서 봤던 무스코카 의자(Muskoka chair) 같은 편안한 의자도 교실에 배치하고 싶었지만, 예산 문제로 구매하기가 여의찮았다. 대신 푹신한 교사용 의자를 교실에 몇 개 더 배치해 두었고 원하는 학생이 있으면 앉을 수 있게 해주었다. '진짜 여기에 앉아서 수업해도 돼요?'라는 질문을 얼마나 받았는지 모른다. '응, 물론이지. 수업에 잘 집중하고 참여만 잘한다면 완전 오케이야!' 역시나 학생의 얼굴에 미소가 번졌다.

학생들이 어학실에 오기 전 쉬는 시간에는 팝송을 틀어놓았다. 그러면 학생들은 어학실에 들어오면서 노래를 따라 부르기도 하고, 흥얼거리며 편안한 마음으로 수업을 준비했다. 학생들에게 과제를 시킬 때는 잔잔한 노래를 틀어놓기도 하고, 활동하고 있을 땐 신나는 노래를 틀어 분위기를 돋우기도 했다. 학생들의 신청곡이 있으면 기꺼이 틀어주기도 했다. 이 모든 것은 전부 학생들에게 학습이 이루어지는 공간이 편안하기를 바라는 나의 바람 때문이었다.

실제로 편안한 학습환경이 주는 영향은 대단했다. 학생들에게 어학실은 편안한 공간이라는 인식이 커져서인지, 실제 수업할 때 학생들의 표정이 밝고 참여도도 많이 높아진 것을 느낄 수 있었다. 그리고 어학실에서 한 수업으로 인해 다양한 친구들과 더 친해질 수 있어서 좋았다는 학생도 있었다. 편안한 마음이 편안한 관계를 끌어낸 건 아닐까? 하루에 가장 많은 시간을 보내는 학교라는 공간을 편안하게 조성하여 학생과 교사 모두 안정되고 행복한 마음을 지니며 생활할 수 있기를 바란다.

딸깍딸깍,
Turn on your warm switch

한국에서 두 아이의 엄마로, 아내로, 교사로 살아가던 내가 혼자 캐나다에 연수차 오게 되니 이곳에서 나에게 온전히 주어진 3주간의 자유가 너무나도 소중했다. 하루의 일과는 보통 4시 정도에 마무리되었고 과제나 발표가 있는 경우는 저녁 내내 과제 준비에 매달리기도 했지만, 과제가 없는 저녁 시간은 허투루 보낼 수 없는 소중한 자유시간이었다. 활기찬 기운이 가득한 토론토 시내에 나가 동료 선생님들과 함께 저녁을 먹기도 하고 간단히 맥주와 안줏거리를 사 들고 숙소로 들어와 이런저런 이야기를 꽃피우며 각자 터놓기 힘들었던 교사로서의 고충을 나누기도 하고, 속 깊은 곳에 숨겨놓았던 고민을 털어놓기도 하고, 그렇게 각자가 살아온 이야기들을 풀어가기도 했다. 동료 선생님들과 매일 매일 함께 연수도 받고 이야기도 나누며 생활하다 보니 자연스럽게 끈끈한 유대감이 만들어졌다.

우리가 나눈 대부분의 대화 주제는 '진정한 자아 찾기'였다. 각자 한국에서 주어지고 기대되는 사회적 역할로 인해 자신의 진정한 모습을 숨기거나 자제하며 살아온 친구들이 캐나다에 와서 진정한 '나'의 모습으로 지내고 있으니, 그 간극에서 오는 기쁨, 행복, 안타까움, 아쉬움 등의 다양한 감정을 울며 웃으며 자주 공유하곤 했다.

캐나다 심화 연수 2주 차가 지나갈 무렵이었다. 저녁 식사를 마친 후 우리 숙소로 동료 선생님 세 분이 놀러 오셨다. 참고로 한 숙소에는 4명이 함께 지내고 있었고, 1층은 공용공간이고 2층에는 각자의 방이 있는 구조였다. 1층에서 분위기 좋은 노래를 틀어놓고 맥주도 곁들이며 여느 때와 다름없이 이야기를 나누고 있었는데, 우리 중 한 명이 흥에 취해 자리에서 일어나 춤을 추기 시작했다. '아니 갑자기 웬 춤이야?'라고 생각하는 찰나였는데 아니나 다를까, 누구 할 것 없이 다들 자리에서 일어나 까르르 웃으며 몸을 흔들흔들하는 게 아닌가? 난데없이 춤판이 벌어졌다. 분명했던 것은, 그 순간만큼은 모든 굴레를 벗어던지고 모든 스트레스를 털어버리려는 자유롭고 건강한 에너지가 가득한 공간과 시간이 연출되었다는 것이다.

나는 여기서 고민하기 시작했다. 평소 춤추는 것을 즐기지도 않고, 끼도 없으며, 춤도 잘 추지 못하는 내가 저 춤판에 끼어들어 갈 것인가, 아니면 그냥 조용히 테이블에 앉아서 그들을 웃으며 바라볼 것인가. 동공이 흔들리며 고민하고 있었는데, 누군가의 이끌림에 나도 모르게 춤을 추고 있는 자신을 발견했다. 그것도 아주 웃긴 막춤을. 에라 모르겠다. 오늘 이 순간을 즐기리. 이러면서 다른 사람의 시선에 움츠렸던 마음이 사라지고, 오히려 다른 사람의 시선을 신경 쓰지 않는 자유로움을 만끽하기 시작했다.

그때였다. 위층에서 일찍부터 잠을 청하고 있던 선배 교사 한 분이 눈을 끔뻑이며 내려오셨다. 순간 정적이 흘렀다. 생각 없이 너무 시끄럽게 놀아 누군가에게 피해를 줬다는 죄책감과 막춤을 추고 있는 모습을 들켰다는 부끄러움에 어디론가 숨고 싶었다. 서로 눈치를 보며 시끄럽게 해서 죄송하다고 선배 교사에게 연신 사과했는데, 그때 환한 웃음과 함께 돌아온 선배 교사의 대답은 의외였다.

"너무 재미있는 소리가 들려서 내려와 봤어. 하던 거 계속해. 나도 구경하고 싶어."

그러고는 그 선배 교사는 1층 거실 전등 스위치를 껐다 켰다 하면서 마치 디스코장을 방불케 하는 장면을 연출하며 분위기를 돋우셨다. 딸깍딸깍.

"한국에서는 이렇게 하고 싶어도 못 할 거 아니야. 다들 애 키우랴, 집안일 하랴, 학교 생활하랴 얼마나 힘들었어. 여기서 다 풀어."

흘러나오는 노래의 리듬에 비해 한참 느린 속도였지만 그 선배 교사가 낸 '딸깍딸깍'하던 스위치 소리에 긴장감은 온데간데없이 사라지고 우리는 다시 깔깔 웃으며 흥겹게 막춤을 이어 나갔다. 예상하지 못했던 한 마디의 공감과 이해가 우리 모두에게 큰 위안과 감동을 주는 순간이었다. 내색하지는 않았지만 나의 눈시울이 뜨거워졌다.

주변을 살피는 따뜻한 마음

교단에 선 지 15년째. 나는 어느덧 중년 교사가 되었고 그저 주어진 일을 열심히 하고, 내가 맡은 학급을 최선을 다해 챙기면 된다고 생각했다. 하지만 그런 과정에서 오히려 나는 다른 사람 눈치를 보고 형식을 맞추고 틀에 박힌 쳇바퀴 같은 생활과 시각 안에 갇혀서 살고 있었던 것 같다. 내가 만약 2층에서 자고 있었던 선배 교사였다면 나는 어떻게 행동했을까? 아마도 모르는 척, 안 들리는 척, 자기들끼리 재미있게 놀겠거니 하고 신경 쓰지 않았을 것이다. 어쩌면 그것이 후배에 대한 배려일 수도 있겠지만, 나 자신만 바라보는 이기적인 마음이라고 볼 수도 있다. 나는 과연 내 주변을 향해 얼마나 열린 마음을 가지고 살아가고 있을까? '딸깍딸깍' 사건은 내가 갖고 있던 세상에 대한 사고관을 완전히 깨트려버린 큰 전환점이 되었다. 그동안 나를 스스로 가두고 규정지었던 것들에서 벗어나 열린 마음으로 나 자신을, 그리고 세상을 바라보고 싶어졌다.

그 선배 교사는 모든 연수 과정이 끝나고 자신을 성찰하는 워크숍 시간에도 인상 깊은 프레젠테이션을 보여주었다. 교사로서 우리가 겪는 여러 가지 어려움과 캐나다에 와서 느낀 것들을 정리한 후, 영어 교사로서 앞으로 서로 연대하는 삶을 살자고 강조하셨다. 평소 그분에게서는 한 번도 들을 수 없었던 떨리는 목소리와 빼곡하게 무언가 적혀있는 손에 든 메모지는 그 선배 교사의 진심을 보여주기에 충분했다. 단순히 연수를 통해 성장한 점을 나누는 발표가 아니라, 하나의 감동적인 TED 강연을 본 듯한 기분이 들었다. 우리 연수생들은 다 같이 기립박수를 보내고 싶은 마음이었다. 강연 마지막 부분에 보여주신 사진 한 장이 있었는데, 그것은 바로 여러 사람이 다 같이 힘을 합쳐 노를 저어 나아가는 사진이었다. 그 사진 아래에는 'You are not alone in this journey. We have each other!'라는 문구가 있었다. 영어 교사로서 우리는 혼자가 아니고, 같은 길을 걷는 사람으로서 서로에게 연대하며 살아가자는 의미였다. 중등교사 중 영어 교사들은 개인적이라는 시선이 많은 것을 부정할 수는 없으나 그날, 그 강의실에 모인 우리 영어 교사들의 시선은 서로를 바라보고 있었다. 좋은 일이든 힘든 일이든 함께 나누고 함께 짊어지고 함께 나아가자고 서로 무언의 메시지를 주고받으며 벅찬 감정을 함께 나누었다. 비단 교사 집단에서뿐 아니라 세상을 살아가는 한 구성원으로서 주변에게 조금 더 따뜻한 관심을 가지고, 타인에게 충분히 공감하고 이해하며 함께 살아가는 사람이 되어야겠다고 다시 한번 다짐하게 되는 순간이기도 했다.

You are not alone in this journey. We have each other!

CHAPTER 4 Happiness : 더 넓은 세상으로 향하는 행복   **147**

캐나다 속의 프랑스,
퀘벡 그리고 몬트리올

심화 연수 2주 차 주말에는 캐나다 동부 문화 기행이 계획되어 있었다. 2박 3일 동안 퀘벡과 몬트리올을 방문하는 것인데, 미시소거에서 버스로 무려 8시간을 이동해야 할 만큼 먼 거리에 있는 도시였다. 사실 나는 20년 전쯤, 캐나다로 어학연수를 왔을 때 퀘벡, 몬트리올을 비롯한 캐나다 동부 여행을 한 적이 있었다. 시간이 많이 지나서 희미한 기억만 남아있지만 정말 아름다운 도시였다는 것만은 선명하게 기억이 난다. 왕복 16시간을 들여서 갈 만한 가치가 있는 곳인가? 결론은 Yes였다.

첫 방문지는 몬트리올이었다. 몬트리올은 캐나다에서 두 번째로 큰 도시로 프랑스어권의 도시이기도 하다. 몬트리올로 들어서서 표지판에 쓰여 있는 불어를 보니 진짜 여행을 온 실감이 났고, 역사가 깊은 도시여서 그런지 건물도 고풍스러워 마치 유럽에 온 것 같은 느낌이 들었다. 또 한 가지 눈에 들어오는 것이 있었다. 바로 그라피티(graffiti)이다. 거의 모든 벽에 멋진 그림과 글귀로 예술작품이 그려져 있다고 해도 과언이 아니었다. 다양하고 인상 깊은 그라피티를 비롯한 화려한 도시 예술 풍경을 감상하다 보니 시간이 훌쩍 지나가는지도 몰랐다. 출출한 몸을 이끌고 푸틴(감자튀김에 치즈 커드와 브라운 그레이비 소스를 곁들인 캐나다 국민 요리)을 먹으러 갔다. 맛집을 찾아가서 그런지 한산한 거리와는 달리 레스토랑 안은 사람으로 가득하고 긴 대기 줄도 있었다. 배가 너무 고팠던 나머지 대기를 할 수 없어서 두 가지 종류의 푸틴을 포장해서 근처 벤치에 쭈그리고 앉아 먹었는데, 그 부드럽고 고소하며 담백한 푸틴의 맛을 지금도 잊을 수가 없다. 몬트리올 하면 지나칠 수 없는 베이글도 한 봉지 산 후 든든한 마음으로 퀘벡으로 향하는 버스에 올랐다.

퀘벡에 도착했을 땐 하늘이 흐리고 날씨도 여름 날씨치고는 서늘했다. 400년의 역사를 지닌 도시이자 북아메리카에서 가장 오래된 도시로 손꼽히는 퀘벡은 성벽으로 둘러싸여 고풍스러운 느낌이 물씬 났다. 그야말로 유럽 어딘가를 여행하는 듯한 느낌이었다. 세인트 존 게이트를 시작으로 피에르 뒤구아 드몽 테라스, 쁘띠 샹 플랭 거리를 천천히 걸어 다녔다. 거리 곳곳이 여유와 낭만으로 물들어 있었고, 파스텔 색조의 아름다운 석양과 어우러져 마치 내가 엽서 사진 속에 쏙 들어와 있는 느낌이었다. 거리의 악사들은 낭만적인 노래를 불렀고, 우리가 지나가자 '꼬레아(Korea)'를 외치며, 한국 노래를 들려주기도 했다. 노래에 맞춰 춤을 추는 노부부도 있었고 그 공간 안에서 우리는 같은 꿈을 꾸는 것 같았다. 비록 몸은 매우 피곤했지만 퀘벡의 낭만적인 바이브를 놓치기 싫어 분위기 좋은 노래가 흘러나오는 야외 펍에 자리를 잡고 앉아 맥주 한 잔을 마시며 퀘벡 여행을 음미했다.

퀘벡 시내의 거리 음악가의 노래와 이를 감상하는 사람들

도깨비 촬영지에서 보낸 꿈같은 시간

다음날, 퀘벡시의 랜드마크인 샤토 프롱트낙 호텔을 방문했다. 퀘벡 사진을 검색하면 가장 많이 등장하는 초록 지붕에 빨간 벽돌의 건물, 바로 그곳이다. 내부에 들어가 보니 궁중 스타일의 가구와 고급스러운 장식들이 눈길을 끌었다. 화장실마저 고풍스럽던 곳이다. 여기저기 카메라 셔터를 누르느라 정신이 없었다. 호텔 앞은 세인트 로렌스강을 따라 넓은 나무 데크의 산책로가 있어 커피 한 잔을 들고 천천히 산책하며 동료 선생님들과 이런저런 이야기를 나눴고, 호텔을 배경으로 사진도 찍으며 추억을 적립했다. 데크길을 한참 걷다가 많은 사람이 언덕배기의 계단을 오르는 것을 보고 무작정 따라서 올라가 보았다. 슬슬 체력의 한계를 느낄 때쯤, 우리나라 드라마 '도깨비'의 유명한 촬영지이자 '도깨비 언덕'이라고 불리는 '라 테라스 생드니'에 도착했다. 초록초록한 언덕에 샤토 프롱트낙 호텔과 세인트

로렌스강이 한눈에 들어오는 탁 트인 전망이 피로를 싹 녹여주었다. 마치 대학생 시절로 돌아간 것처럼 까르르 웃으며 셀카도 찍고 점프샷도 찍고, 지겹도록 사진을 찍고 난 후에는 언덕에 주저앉아 하염없이 경치를 구경했다. 매일 퇴근 후 이 언덕에 올라 환상적인 풍경을 바라보며 커피 한 잔을 마신다면 얼마나 꿈 같을까. 하루의 스트레스가 모두 날아갈 것만 같다. 잠깐 퀘벡에서 살아볼까 하는 생각까지 해 보았다.

라 테라스 생드니 언덕에서 바라본 샤토 프롱트낙 호텔과 세인트 로렌스강 전경

퀘벡을 떠날 시간이 다가오자 아쉬운 마음을 뒤로하고 구시가의 작은 광장인 플레이스 로얄(place royale)로 향했다. 그곳에 도착하니 갤러리, 레스토랑, 커피숍을 비롯한 작은 상점과 웅장한 노트르담 교회가 광장을 둘러싸

고 옹기종기 모여 있었다. 영화 '캐치 미 이프 유 캔(Catch me if you can)'의 촬영
지이기도 한 이곳에 도착하니 퀘벡 여행을 한 장면으로 축약시켜 놓은 듯
한 느낌을 받았다. 노상 테이블에서 맛있는 커피 한 잔을 마시며 아쉬운 퀘
벡 여행을 마무리했다.

　다음 목적지는 몬트리올의 노트르담 대성당이었다. 노트르담 대성당은
몬트리올에서 가장 오래된 성당이고, 북미를 대표하는 최대 규모의 성당이
자 캐나다를 대표하는 가수인 셀린 디옹이 결혼식을 했던 바로 그곳이다.
대학생 시절에 여행을 왔을 때 방문하지 못했던 것이 아쉬워서 이번엔 꼭
방문해 보고 싶었던 곳이기도 하다. 성당의 일반인 관람 시간은 주말 기준
오후 4시까지였는데, 버스가 성당 근처에 도착한 시간이 3시 55분이었다!
버스에서 내리자마자 성당까지의 오르막길을 온 힘으로 전력 질주해서 3시
58분쯤 도착했는데 매정한 매표소 직원은 입장이 불가하다며 단호하게 우
리를 돌려보냈다. 성당 안의 스테인드글라스가 엄청 화려하고, 내부가 매
우 웅장하다고 하여 꼭 보고 싶었지만, 아쉬움을 뒤로한 채 발길을 돌렸다.

　　　　　　　　　　　　　　　　　　　　　캐나다 WHAT 수다!

몬트리올 노트르담 대성당

갑자기 비가 부슬부슬 내리기 시작했다. 비가 오는 몬트리올은 굉장히 운치가 있었다. 남성적이고 웅장한 느낌의 건물과 우중충한 날씨의 절묘한 조화가 신기했다. 노트르담 대성당부터 자크 카르티에 광장까지 이어진 돌바닥이 매력인 세인트폴 거리를 찬찬히 걸으니 이국적인 느낌이 물씬 났다. 북미의 파리라는 별명이 괜히 지어진 것이 아니다! 노점상에 들어가 이것저것 구경하고 지하의 한 레스토랑에 들어가 피자 한 조각과 음료로 출출한 배도 채우고 나서는 몬트리올의 상징 중 하나인 시계탑으로 향했다. 드넓은 세인트 로렌스 강변을 따라 위치한 시계탑을 배경으로 멋진 사진을 여럿 남기고는 숙소로 들어왔다.

북미 유일한 성벽 도시이자 구도심 전체가 유네스코 문화유산으로 지정된 퀘벡, 캐나다에서 두 번째로 인구가 많은 도시이자 상업 중심의 도시인 몬트리올을 여행하고 나니 캐나다의 색다른 면을 맛본 기분이었다. 그리고 다채로운 캐나다의 매력에 다시금 빠져들게 되었다. 혹시나 캐나다 여행을 계획하고 있는 분이 있다면, 몬트리올과 퀘벡은 반드시 여행 리스트에 추가하길 바란다.

Myself

: 나 자신으로 살기

유선정(SunnyJenny쌤)

CHAPTER 5

Into the 'Unknown'

원래 나는 열정적이고 자유로운 성격을 지닌 사람이었다. 내가 원하는 것을 적극적으로 찾아 도전하고, 새로운 것을 배우는 것을 즐겼다. 영어 교사가 된 이후 경직된 공무원 사회의 보수적인 분위기 속에서 교사로서, 일하는 엄마로서, 고군분투하며 살아왔다. 나에게 요구되는 모범적인 태도와 사명감, 희생 등으로 자유로운 영혼이었던 나는 점점 나의 모습을 숨기게 되었고, 세상이 요구하는 페르소나를 쓰게 되었다. 아침에 눈을 뜬 순간부터 밤에 잠자리에 들 때까지 한순간도 쉬지 않고 내 에너지의 최댓값을 쓰며 달리기했다. 매일 조회 시간부터 쉬는 시간까지 틈틈이 학생들을 마주하며, 학생들의 컨디션을 살피고 학교 규율을 지키도록 지도했다. 교과 수업 시간에는 다양한 상황에서 학생들을 잘 타일러 꼭 알고 넘어가야 할 내용들을 교육 과정에 맞게 열성적으로 가르쳤다.

퇴근 후에도 쉴 틈이 없었다. 장을 봐서 저녁을 준비하고 밀린 집안일을 한 뒤, 자기 전까지 아이들의 숙제를 봐주고 하루에 있었던 일을 들어주었다. 항상 바쁘게 살고 매사에 최선을 다했지만, 가슴 한편에는 맞지 않은 옷을 입은 것처럼 내 생각과 다른 방향으로 흘러가는 느낌을 받았다. 내가 진짜 무엇을 원하는지, 나는 어떤 사람인지에 대해 찬찬히 생각해 보지 못했다. 그러다 어느 순간 번아웃이 왔다. 바쁘게 살다 보니 나 자신을 돌볼 시간이 없었고 마음의 여유가 없었다. 분명 최선을 다해 열심히 살았는데 만족스럽지 않고 행복하지 않았다.

그러던 어느 날 영어 심화 연수의 기회가 찾아왔다. 사전 TEPS 점수로 연수 대상자를 선발하고 캐나다에 가기 전 화상으로 다양한 연수를 들은 뒤 마지막 3주 동안 캐나다 학교를 방문하는 코스였다. 심화 연수를 통해 깨달음과 성장의 기회를 얻고 소진된 나를 잠시 쉬게 하고 싶어 연수에 지원하게 되었다. 드디어 발표 날, 연수 대상자로 선정이 되었다는 말과 함께 걱정 반, 설렘 반으로 연수를 준비하게 되었다. 원어민 선생님들과 한국에서 줌으로 만나 현지의 문화와 교육에 대해 배우고 수업 지도안을 구상하였다. 퇴근 후 아이들을 돌보면서 일주일에 두 번 연수에 참여하는 과정이 절대 쉽지는 않았지만, 학생이 되어 영어로 토의하고 새로운 교수법을 배우는 과정에서 배움의 즐거움을 느꼈다.

드디어 떠난 캐나다 연수에서 캐나다의 문화와 교육에 대한 깨달음뿐만 아니라 한국에서 느낄 수 없었던, 나의 삶에 대한 깊은 통찰을 얻고 돌아왔다. 내가 행복해질 방법을 깨달은 '나를 찾아 떠난 연수'였다. 교사로서 항상 학생들을 가르치다가 오랜만에 다시 학생의 입장이 되어 누군가의 수업을 듣는 느낌이 새로웠다. 교과서를 가지고 정해진 내용을 가르치는 전달자, 약속한 진도를 나가며 최대한 정확하게 문법을 가르치고 효율적으로 교과 내용을 가르치기 위해 교수학습 자료를 준비하던 교사로서의 내가 기존의 틀을 깨부수고 생각의 전환을 맞게 된 캐나다에서의 인생 수업 이야기를 해보고자 한다.

　한국을 벗어나 캐나다 땅에 도착한 순간, 다양한 문화와 인종이 한곳에 어우러져 있는 모습에서 한국과 다르게 자유롭고 개개인의 개성을 중시하는 분위기를 느꼈다. 다문화 사회의 수용적인 분위기 속에서 캐나다의 러닝센터에서 배운 수업의 내용도 우리가 가진 생각의 오류와 편견에 대한 것이었다. 'unknown(미지의 세계)'이라는 주제로 수업하는 날, 새로운 생각을 받아들이기 위해 마음을 열고 설레는 마음으로 교실 문을 열고 들어갔다. 내가 평소 알고 있던 수업의 모습과 다르게 우리는 책상에 앉지 않고 벽에 붙어있는 그림들을 마치 미술관의 그림을 보듯이 찬찬히 보며, 포스트잇에 우리의 생각을 적어 그림 아래쪽에 붙였다. 그 그림들은 아무런 설명이 없어서 얼핏 보면 무슨 그림인지 알 수 없는 그림이었지만 자세히 보다 보면 무언가 머리를 한 대 얻어맞은 듯 깨달음을 주는 그림이었다. 또 다른 선생님들이 남긴 글들을 읽어보며 서로 말은 하지 않았지만 메시지를 가슴으로 느낄 수 있었다. 내 심장은 쿵쾅쿵쾅 빠르게 뛰었다. 그동안 삶에서 남과 비교하며 힘들었던 내 모습이 떠올랐다. 내 마음과는 달리 다수가 가는 길을 쫓아가며 페르소나 속에서 힘들어하고 울부짖던 내 진짜 모습과 마주하게 되었다. 남들과 같아지기 위해 노력했던 모습들이 나를 미워하고 제대로 이해하지 못한 채 점점 작아지게 했다는 사실도 깨달았다.

늘 바른 자세로 모범을 보이며 교사답게 사는 삶, 엄마로서 자식을 위해 희생했던 삶을 살았던 내 모습을 떠올렸다. 나를 위해 사는 것은 사치처럼 느껴졌던, 나를 지워가며 살던 여태까지의 모습이 스쳐 지나가며 잃어버렸던 나의 진짜 모습이 떠오르기 시작했다. 어린 시절부터 흥이 많아 거울을 보며 음악을 틀어놓고 그 음악에 맞는 춤을 추던 나의 모습, 버리는 옷을 자르고 꿰매서 새로운 의상을 만들어 보겠다고 며칠 동안 디자이너 흉내를 내던 모습, 친구들과 리코더 연주단을 만들어 동네 양로원에 가서 모은 성금으로 공연했던 모습, 지나가는 파란 눈의 외국인을 보고 영어로 대화하며 즐거워하던 모습, 대학 시절 댄스동아리와 응원단에서 신나게 음악에 맞추어 춤을 추며 공연했던 나의 모습, 미국에서 호텔 인턴십을 한다고 혼자 면접을 보고 낯선 미국 땅에 혼자 가서 일을 했던 경험들 등등. 살면서 누가 시키지 않아도 내가 원해서 즐겁게 했던 가슴 뛰는 순간이 떠올랐다. 설레는 마음으로 새로운 일을 도전할 때 느꼈던 희열과 행복한 느낌도 떠올랐다. 그런데 왜 나는 더 이상 설레지도, 가슴이 뛰지도 않을까? 왜 더 이상 그러한 희열과 행복을 느끼지 못한 채 늘 바쁘게 살며 우울함을 느끼며 번아웃이 왔을까?

남과 다른 방향을 향해도 괜찮아

벽에 붙은 여러 그림 중 하나가 내 마음속에 들어왔다. 수많은 작은 물고기들이 한 방향으로 가고 있었고 조금 더 큰 물고기 한 마리가 반대 방향으로 가고 있었다. 정말 단순한 그림이었지만 그 그림 하나에 내 인생이 겹쳐 보였다. 남들과 같은 방향으로 가기 위해 그동안 고군분투하며 살았던 내 모습이다. 학창 시절에는 대학에 가기 위해 열심히 공부해야 했고, 대학을 간 이후에는 취업하기 위해 임용고시를 열심히 공부했고, 교사가 된 이후에는 남들이 다 그러듯 적절한 나이에 결혼해서 아이를 낳고 키우기 바빴고, 남들처럼 아이들을 적당한 학원에 보내면서 다시 내가 어릴 때 겪었던 인생 사이클을 아이들에게 적용하며 2라운드를 바쁘게 살아내고 있었던 나의 모습. 나는 무엇을 위해 그렇게 앞만 보고 살아왔을까? 때론 반대 방향으로 가는 물고기처럼 남들이 가는 방향을 아무 생각 없이 따라가지 말고 내가 진짜 어떤 사람인지, 무엇을 좋아하는지 고민하고, 조금 쉬어가도 남들과 다른 방향으로 가도 괜찮은 것이었다. 왜 난 맞지 않는 옷을 억지로 껴입고 남들과 비슷하게 살아가려고 힘들게 앞만 보고 달려왔을까? 마음속에 수많은 물음이 스치며 깊은 통찰이 왔다.

'그동안 나는 나를 있는 그대로 사랑하지 않았구나. 무작정 남들이 하는 것에 의문을 갖지 않은 채 그냥 그게 삶의 방식인 줄 알고 아무 생각 없이 따라만 왔구나. 내가 원하는 삶이 아니었는데 살다 보니 여기까지 왔고, 나는 번아웃이 왔구나.' 교실 안에서 수많은 민원을 받고 힘들었지만 힘들지 않은 척, 엄마로서 가끔 내려놓고 싶을 때도 있었지만 그렇지 않은 척, 강한 척하며 살아내야만 했던 내 안의 작은 아이가 보였다. 나는 나에 대한 기준이 높고 이상적인 사람이어서 나를 너무 강하게 밀어붙였고 나 스스로를 돌보지 않았음을 깨달았다. 내가 세운 기준에 미치지 못하면 나를 못난 사람 취급했다. 교사로서 나름대로 최선을 다했음에도 업무에서 조금이라도 실수하면 자신을 비난했다. 다른 전업주부들처럼 자식에게 맛있는 반찬을 해주고 살뜰히 챙겨주지 못해 항상 죄책감에 시달리는 엄마였다.

그런데 그 물고기 그림을 보면서, 그리고 그 아래 다른 선생님들이 적어주신 글들을 보면서 '남들과 달라도 괜찮아, 조금 모자라도 괜찮아.'하며, 다름을 있는 그대로 인정하고 나를 껴안을 수 있는 마음이 생겨났다. 물고기 그림 외에도 다양한 그림이 있었는데 전체적인 주제는 모두 다 다름을 있는 그대로 인정하고 그 나름대로 의미가 있다는 내용이었다. 아무 말도 없었고 그림만 있었음에도 모든 그림의 메시지가 내 마음속으로 들어왔다. 그리고 내 안의 내가 미워했던 다양한 모습들을 하나하나 인정하고 내 안의 힘들고 슬퍼했던 내면 아이를 껴안았다. 나를 사랑하고 있는 그대로 받아들이는 방법을 배웠다. 남들과 비교해서 같아지려고 노력하는 페르소나를 벗고, 있는 그대로의 모습을 인정하며 순수했던 나의 본모습으로 돌아갈 수 있었다. 그렇게 아무런 판단 없이 다 내려놓고 내가 원하는 모습으로 살 때 진정한 행복을 느낀다는 걸 그때 깨달았다. 다문화 사회의 수용적인 관점은 나에게도 적용되는 것이었다. 타인을 수용하고 있는 그대로 존중하는 태도를 어릴 때부터 배우면 그러한 관점을 나에게도 적용해서 내 안의 수많은 다양한 면을 있는 그대로 존중할 수 있을 것 같았다. 짧지만 강한 메시지를 남긴 수업, 인상에 강하게 남는 수업을 한국의 교실에도 적용하여, 학생들이 자신을 있는 그대로 수용하고 사랑할 수 있는 교실 문화를 만들고 싶다.

'Unknown' 그림을 보고 선생님들이 떠오르는 생각을 자유롭게 적은 모습

무엇이 우리를 힘들게 했을까?

한국이 OECD 국가 중 자살률 1위라는 사실은 내가 학창 시절부터 듣던 이야기였다. 중학교와 고등학교에서 근무하며 무기력하고 우울한 아이들을 자주 보았고, 교사 중에서도 우울증에 걸리거나 번아웃을 경험하는 동료들을 보았다. 교육의 궁극적인 목적은 자아실현을 통해 행복한 삶을 살도록 하는 것인데 왜 학교 현장에서는 수많은 학생이 그 과정에서 지치고 힘겨워할까? 그 아이들을 가르치는 교사들은 왜 학생들과 교육활동을 하며 힘들어할까? 사춘기 자녀를 키우는 학부모님들도 상담 전화를 드리면 다 큰 자녀들을 더 이상 통제하지 못해 힘들어하시고 우울해하시는 분들이 많았다. 많은 사람이 겉으로는 아무렇지 않은 척 살아가지만 모두 기분장애, 우울장애, 불안장애 등을 안고 위태하게 살아가고 있는지도 모른다.

너무나 바쁜 현대를 살아가며 주어진 수많은 업무를 해내느라 내 감정과 마음은 챙기지 않은 채 앞만 보고 달리다 지치는 순간이 나에게도 찾아왔다. 아이를 낳고 산후우울증이 심하게 왔었다. 그 당시에는 산후우울증인지도 모르고 너무 피곤하고 지쳐서 기분이 처지는 것인 줄 알았다. 세상이 다 회색빛으로 보였고 무엇을 해도 재미가 없었고 아침에 일어날 기력도 입맛도 없었다. 남들은 아이를 낳고 행복해 보이는데 나는 엄마 노릇을 잘 못하는 것 같았다. 최선을 다하고 있음에도 유기농 이유식을 만드는 엄마들, 엄마표 놀이로 아이들과 함께 놀아주는 엄마들을 보며 항상 나 자신이 부족하다고 느껴졌다. 휴직하고 집에 있는 동안 엄마로서, 아내로서 나의 자존감은 바닥이었고, 인간으로서의 자존감도 바닥이었다. 복직 후 바쁘게 지내다 보니 회복되는 듯했으나 내 마음을 돌보지 않은 채 아이들만 신경 쓰며 지냈다.

학교에서도 교사로서, 담임으로서 학생들에게 늘 웃으며 친절하게 대하려 노력했다. 교실에서 예의가 없는 행동을 하거나 교사에게 욕을 하는 학생들, 폭력을 행사하는 학생들에게 민원과 앞으로의 관계가 신경 쓰여 화를 낼 수도 없었다. 교육도 서비스라는 마음으로 감정 노동을 참아가며 하루하루 버티고 있었다. 가끔 본인의 아이가 학급 친구와 다투어 속이 상한 학부모님들의 민원을 받으며 본인의 아이 편만 들어 달라는 부탁에 난감한 적도 있었고, 아이가 잘못해서 혼을 내도 아이의 마음을 알아주지 않는다며 교사 탓을 하는 학부모를 만나 교사로서 자괴감을 느낀 적도 있었다. 그렇게 나는 희생의 아이콘인 대한민국의 어머니상과 모범적인 태도를 요구받는 사명감이 투철한 교사상에 가까운 사람이 되고자 나 자신의 마음은 돌보지 않았다. 그렇게 사회에서 바라는 나의 모습을 떠올리며, 항상 부족하다는 생각에 휩싸여 괴로워했던 것 같다.

You can't pour from an empty cup.

그러다 캐나다 연수 중 'Mental health^(마음 건강)'를 주제로 교사와 학생의
정신건강에 대해 다룬 수업에 참여하며 삶에서 제일 중요한 깨달음을 얻었
다. 그 깨달음은 'You can't pour from an empty cup.'이 한 문장으로 요약
되었다. 바로 '내가 먼저 채워지지 않으면 다른 사람의 잔을 채울 수 없다.'
는 가르침이었다. 이 한 문장은 나뿐만 아니라 대한민국의 어머니들과 교사
들에게 모두 전해주고 싶은 메시지였다. 자신도 힘들면서 아이들을 위해 최
선을 다하지 못했다고 죄책감을 갖는 사람들에게 위로의 말을 건네고 싶다.
'괜찮아요. 너무 자책하지 마세요. 지금도 충분히 잘하고 있어요.' 그리고 다
른 사람들을 위해 살기 전에 자신을 먼저 돌보라고 말해주고 싶다. 자신의
기쁨과 행복, 사랑을 먼저 채우지 않은 채로는 아이들에게 줄 것들이 고갈
되고 번아웃이 오는 것은 어찌 보면 당연한 절차였을 지도 모른다. 가끔 나
에게도 휴식이 필요하다. 내가 즐거운 일을 찾아서 하고 내가 행복해야 내
자녀도, 학생도 행복할 수 있다는 것을 가슴 깊이 깨달았던 수업이었다.

캐나다에서의 짧은 일정 동안 내 비어있는 잔을 채우기 위해, 행복한 기
억을 많이 담아가기 위해 열심히 살았다. 하루하루를 알차게 보내려고 매
일 아침 운동과 산책을 했고, 새로운 경험을 하기 위해 현지인들과 달리기
모임도 하고, 현지 음식도 먹어보고, 캐나다의 호수와 폭포, 산과 들의 넓

은 자연을 탐색하며 자연의 아름다움을 느꼈다. 그렇게 힘들었던 마음을 치유하고 즐거운 기억으로 가득 채워나갔다. 매일 아침 산책을 할 땐 캐나다의 아름답고 푸른 자연에 매료되었는데 가끔 사슴과 너구리 등 야생동물을 만나기도 했다. 한국에서 바쁘게 살 때는 몰랐던 여유가 내 마음을 평안하게 해주었다. 느리게 걸음을 걸으며 바람 소리, 새소리를 들었고 자연의 아름다움을 하나하나 구체적으로 느낄 수 있었다. 연수를 간 곳이 토론토 도시였다면 아마 한국에서의 바쁜 생활처럼 연수를 듣고 관광지를 방문하다 돌아왔을 것이다. 우리가 간 미시소거는 캐나다의 작은 시골 마을이어서 푸른 자연과 나무가 많고 야생동물도 가끔 나오는 자연 친화적인 곳이어서 마음의 여유를 찾을 수 있었다. 따뜻한 햇살 아래 푸른 잔디밭에 둘러앉아 선생님들과 기타 반주에 맞추어 노래를 부르던 일, 연수원까지 둘레길을 따라 계곡의 물소리를 들으며 걸어갔던 일, 새벽 산책길에 만난 사슴 가족들, 기숙사 뒷문을 열면 펼쳐진 푸른 숲속들이 아직도 눈에 선하고 다시 보고 싶다.

한국에서는 왜 그동안 이런 여유를 찾지 못하고 앞만 보고 달려왔을까? 가끔 한국에서도 이런 여유를 찾고 싶다는 생각을 가지고 한국에 돌아온 지금, 그때의 기억 덕분인지 바쁜 와중에도 가끔 하늘의 맑은 햇살을 보며 미소 짓곤 한다. 꽃이 피고 나무에 푸른 새싹이 올라올 때 캐나다의 잔디밭과 넓은 공원을 생각하며 내 잔이 비었는지를 가끔 살핀다. 잔이 비어갈 때쯤 스스로 채우려고 노력하고 있다. 매일 내가 가진 것에 감사하며 힘들 땐 쉬어가는 여유를 가지려 한다. 나 자신의 행복을 먼저 생각할 때 세상이 아름다워 보이고 자녀와 학생들에게도 웃으며 행복을 나누어 줄 수 있는 그릇이 생기는 기분이다. 캐나다에서 배운 다양한 영어교수법과 교육 관련 정보들도 내 영어 교사로서의 교직 생활에 많은 도움이 되었지만 'Mental health(마음 건강)'에 관한 수업은 내 삶 전반을 어떻게 행복하게 살아갈 수 있는지 알려준 인생의 깨달음 자체였다.

빈 잔으로는 그 누구도 채울 수 없고 나 자신을 먼저 돌봐야 한다

캐나다 WHAT 수다!

Love yourself
: 자신을 사랑하고 건강하게
여가생활을 하는 사람들

캐나다에서는 자신을 있는 그대로 사랑하고 받아들이며 자신을 표현하며 사는 사람이 많았다. 자신의 성 정체성에 대해 다른 사람의 눈치를 보며 숨어있기보다 있는 그대로 자신을 받아들이며 정체성을 드러내는 경우도 많았다. 공공기관에 성별 구분 없는 'everyone toilet^(성별 구분 없이 모두를 위한 화장실)'의 경우만 보더라도 제도적으로 다양성이 존중받는 사회 같았다. 워낙 이민자가 많아 다양한 인종과 문화가 섞여 있는 multicultural society^(다문화사회)이기 때문인지 다름을 당연하게 받아들이고 남들과 비교하거나 같아지려고 노력하지 않았다. 자신만의 개성을 안고 타고난 대로 살아가는 여유로움이 있었다.

단일민족국가의 역사를 지닌 한국에서 튀는 것을 싫어하고 조화롭게 어울려 묻어가는 문화 속에서 살던 나는 그러한 자유로운 문화가 낯설기도 했고 부럽기도 했다. 남들과 비교하며 남들만큼 잘 살기 위해 빠르게 성장한 동력이 된 장점도 있지만, 덕분에 여유롭지 못하고 효율성만을 중시하는 문화 속에서 비슷하게 정해진 루트를 따르지 않으면 낙오자가 된 기분을 느끼기도 한다. 그런데 캐나다는 다름을 그 자체로 받아들이며 남들과 같아지려고 하기보다는 자연스럽게 있는 그대로 상태를 유지하는 것 같았다. 길거리에 다니다 보면 강아지들이 정말 크기도, 품종도, 색도 다양하고 똑같이 생긴 강아지가 한 마리도 없었다. 한국은 실내에서 키우기 좋은 작은 푸들을 많이 볼 수 있는데 유행에 민감해서인지 사람들이 그런 강아지를 선호해서인지 비슷한 강아지들을 많이 키우는 것 같다.

또한 사람들의 옷차림을 보아도 정말 다양했다. 한 교실에 앉아있는 아이들도 캐나다에서 태어난 백인 아이들 외에 이민자 출신의 중국, 베트남, 러시아, 인도, 아프리카, 중동 국가 등 다양한 인종과 문화가 섞여 있어서 머리 스타일과 옷차림도 천차만별이었다. 심하게 염색하거나 화장하면 규칙 위반에 해당되는 한국 학교의 모습과는 달리, 캐나다 아이들은 원래 타고난 머리색과 피부색, 태어날 때부터 가진 곱슬머리, 다양한 체형 등 머리부터 발끝까지 본인의 개성을 드러냈다. 자신의 스타일을 남들 눈치 보지 않고 자유롭게 뽐내는 캐나다 학생들이 참 편해 보였다. 매일 같은 교복을 입고 흰색이나 검은 패딩에 검은색 가방을 메며 유행에 따라 같은 브랜드의 옷을 입는 한국의 학생들이 겹쳐 보이며 많은 생각이 들었다.

캐나다 학교에 방문했을 때 학생들이 방과 후에 무슨 활동을 하는지 궁금해서 물어본 적이 있었다. 한국의 학생들처럼 학원에 가는지, 학교에서 보충학습을 하는지, 어떻게 사교육을 받고 있는지 궁금해서 질문을 했는데 대답이 너무 다양해 깜짝 놀랐다. 한국의 학생들처럼 사교육을 받으러 학원에 가는 학생은 없었고 대신 축구 경기의 심판을 보러 가는 학생, 스타벅스에 아르바이트하러 가는 학생, 아이를 돌보는 아르바이트를 하러 가는 학생, 도서관 도우미를 하는 학생, 게임 회사에 인턴 아르바이트를 하며 일을 배우는 학생, 아버지 회사에서 회계 업무를 돕는 학생 등 다양했다. 자신의 진로와 관련된 다양한 직업 체험을 하며 미래를 준비하는 학생들이 대부분이었다. 학생들의 얼굴에는 자신이 선택한 활동을 하는 것에 대한 만족감이 있었고 행복해 보였다.

캐나다의 영미문학 수업에 참관한 적이 있는데 수업 시간에도 분위기가 자유로웠다. 교사가 질문을 하면 손을 들고 자유롭게 자기 생각을 이야기하는데 대부분 학생이 손을 들었다. 한국에서 수업할 때 발표하라고 하면 주변 눈치를 보며 손을 들지 않고 튀지 않으려고 하는 학생들과 대비되는 모습이었다. 캐나다의 영미문학 수업에서 아무리 사소하거나 엉뚱한 질문과 대답을 해도 웃거나 비난하는 학생은 없었다. 교사도 어떤 질문이나 대답도 유의미하게 해석하며 의도를 파악하려 하셨다. 수업 분위기는 흐트러짐 없이 안정적이었고 모든 학생이 존중받는 느낌이었다. 학생도 자신의 의견이 존중받는 만큼 교사를 존중하고 수업에 적극적으로 참여하는 상호 토론 문화가 인상적이었다. 정답만을 강요하는 수업이 아니라 다양한 정답의 가능성을 열어놓고 정해진 답 없이 학생의 생각을 끌어내는 수업이었다. 우리나라에서 현재 관심을 갖는 IB 교육의 미래가 이런 것일지 모른다는 생각과 함께 우리도 이렇게 학생 개개인의 생각을 존중하며 정답을 강요하지 않고 다양성을 존중하는 교육이 되면 얼마나 좋을까 하고 생각해 보았다.

캐나다 사람들의 여유로움과 따뜻한 배려

어릴 때부터 다문화 사회 속에서 다름을 있는 그대로 인정하고 자기 생각을 존중받는 교육을 받아온 캐나다에 살고 있는 사람들은 자존감과 삶의 만족도가 높을 수밖에 없다는 생각이 들었다. 여유로운 태도와 타인의 생각을 비난하지 않고 수용하는 분위기 속에서 아이들은 자유롭고 행복하게 클 수 있겠다는 생각도 들었다.

함께 연수 갔던 선생님들과 캐나다 현지인들의 달리기 모임에 참여한 적이 있었다. 그날 5km 달리기를 같이하기로 했는데 날씨도 더웠고 컨디션이 그리 좋지 않아 점점 뒤처지더니 낙오될 뻔했다. 낯선 동네에서 혼자 달리는 게 무서울 수도 있었는데 같이 달리기하던 달리기 모임장이 페이스메이커를 해주며 옆에서 나란히 달려주었다. 처음 달리기하는 것 치곤 잘하고 있다면서 계속해서 격려해 주었다. 걸어도 된다고 안심시켜 주며 끝까지 달릴 수 있도록 힘내라고 응원해 주었다. 캐나다의 아름다운 풍경만큼이나 아름다운 인성을 가진 달리기 크루에게 따뜻한 감동을 하며 무사히 달리기를 마쳤다.

달리기 모임 이후에 근처 비건 푸드 음식점으로 점심을 먹으러 갔다. 식당에 가서도 깜짝 놀란 점이 있었다. 사람마다 알레르기가 있는 음식이 다르므로, 들어가는 재료를 다양하게 선택할 수 있었고 채식주의의 단계도 다양했다. 음식 안에 들어가는 토핑도 너무도 다양한 선택지 속에서 각자 선택하는 모습이 신선했다. 한국에서 단체 회식을 가면 누군가가 짜장면을 먹을 때 짬뽕을 외치면 정말 용기가 있는 사람으로 간주하곤 한다. 캐나다에서는 각자 다른 음식을 시켜도 시간이 걸린다고 누구 하나 눈치 주거나 비난하는 사람 없이 차분하게 기다려 주었다. 각자 다른 음식을 시켜서 음식이 천천히 나와도 그동안 서로 대화를 하며 여유 있게 기다리고 음식이 늦게 나온다고 뭐라 하는 사람이 아무도 없었다.

전체적으로 캐나다인들의 여유 있고 차분하며 정서적으로 안정된 모습이었다. 한국에서 민원 처리가 조금만 늦거나 음식이 늦게 나오면 내면의 화가 올라오는 여유 없는 나의 모습을 반성하게 되었다. 그 여유 없는 모습은 삶의 정형화된 루트를 따라가며 내가 정한 기준에 조금이라도 부족한 모습을 보이면 비난했던 내 자신의 모습이었던 것 같다. 물론 남들만큼 더 잘살아보고 싶은 마음은 내 삶에 성장의 동력이 되었지만, 이제는 나를 있는 그대로 사랑해 주고 싶다. 남들과 비교하며 남들처럼 되려고 하지 말고, 내가 할 수 있는 만큼의 노력으로 나의 장점을 키워가며 내가 가진 재능으로 사람들에게 선한 영향력을 끼치는 사람이 되고 싶다. 부족한 점이 많지만 겸손한 마음으로 항상 열심히 최선을 다해 노력하는, 있는 그대로의 나의 모습을 칭찬해 주고 사랑하며 살아가려 한다.

비건 음식점에서 달리기 크루들과 각자 취향에 맞추어 시킨 음식과 함께

미시소거 거리를 달리다가

캐나다 WHAT 수다!

각자의 자부심으로 빛나던
'파더 미쉘 게츠' 학교

'Take a risk(위험을 감수하라). Get involved(참여해라). Be committed(헌신해라).'

내가 방문했던 캐나다 파더 미쉘 게츠 학교(Father Michael Goetz School)의 모토였다. 가톨릭 학교답게 매일 조회를 성경 말씀 한 구절로 시작하여 하루를 감사하는 인성교육으로 시작했던 모습이 인상적이었다. 수업에 참관했을 때 스스럼없이 손을 들고 자신의 의견을 말하던 학생들과 어떤 말이든 끝까지 경청해 주시던 선생님의 태도도 기억에 남는다. 한국처럼 학급이라는 개념보다 자신이 선택한 과목의 교실을 옮겨 다니며 듣는 시스템이다 보니, 학생들끼리 예의와 매너를 지키는 모습이 있었다. 다문화국가답게 다양한 인종과 문화적 배경에서 온 학생들이 많아 학생들의 개성이 넘쳤다. 한국처럼 모두 검은 가방, 같은 브랜드의 옷이 아니라 머리색, 가방 색, 옷의 디자인도 천차만별이었고 몸의 체형, 머리 스타일, 눈동자 색도 다 달라서 각각의 학생들이 그 자체로 빛나 보였다. 난민으로 온 학생들도 보였는데 학생들 스스로 교육의 기회가 주어졌음에 감사하는 모습이었다. 각자의 나라와 문화에 자부심을 갖고 자신들의 언어를 자랑스러워하며 캐나다 교육에 녹아드는 모습도 인상적이었다. 한 교실에 다양한 학년이 섞여 있고 나이대가 다양하다 보니 교실 분위기가 너무 다채로웠다.

학교에서 실습하는 동안 개성 넘치는 아이들과 함께 수업할 기회가 나에게 주어졌다. 내가 선택한 주제는 한국의 식문화였다. 한국의 식문화를 사진과 동영상 자료와 함께 소개하며 골든벨 퀴즈로 확인하는 조별 활동을 기획했고 그 후에 젓가락을 이용하는 방법을 가르쳐주며 과자 옮기기 게임을 같이하는 활동을 주제로 수업을 준비했다. 한국에 대해 잘 모르는 학생들에게 한국이라는 곳을 알려주고 싶었고 한류 때문에 한국문화와 K-팝, K-푸드에 관심이 많은 학생에게 한국의 문화를 체험할 기회를 주고 싶었다. 수업 전 학생들에게 포스트잇을 나누어 주어 한국에 대해 궁금한 점에 대해 질문할 수 있도록 했다. 질의응답을 통해 한국의 교육과 한국 문화에 대해 궁금한 점을 나누며 학생들이 수업에 더욱 흥미를 갖고 참여할 수 있도록 아이스브레이킹(ice-breaking) 활동을 했다. 수업을 시작하기도 전에 몇몇 학생들은 관심을 보이며 도와줄 것이 없는지 물어보았고 적극적으로 수업 준비를 도우며 한국에 대해 질문하는 학생들도 있었다.

수업이 시작되자 삼삼오오 조별로 앉아 한국의 식문화에 대한 골든벨 퀴즈를 같이 풀었다. 참관하신 교장선생님과 다른 선생님들도 함께 O, X 퀴즈를 풀며 즐거워하셨고, 한국의 문화에 대해 잘못 알고 있었던 내용도 함께 나누며 즐겁게 한국의 문화에 스며들도록 했다. 학생들 모두 새로운 한국의 식문화와 젓가락으로 한국의 과자를 옮기는 활동에 흥미를 보이며 즐거워하였다. 그 모습을 보는 나 또한 한국의 문화를 알리는 민간 대사관이 된 것 같아서 뿌듯하고 보람 있었다. 캐나다에는 없는 한국의 과자를 먹는 활동을 학생들은 특히 좋아했는데, 한국인들이 쉽게 하는 젓가락질을 캐나다 학생들은 너무나 어려워하며 두 손으로 젓가락을 집거나 이쑤시개처럼 과자를 집어서 먹는 학생도 있는 등 재미있는 풍경도 많았다.

나 혼자였으면 많은 학생을 일일이 젓가락질을 가르치기가 쉽지 않았을 텐데, 함께 연수를 갔던 선생님 중 수업에 참관하였던 선생님들께서 한마음 한뜻으로 학생들 옆으로 가서 젓가락질을 함께 지도해주셨다. 한국의 학교에서 한 교실에 나 홀로 외롭게 수업하던 것과는 달리, 함께 간 선생님들의 지원에 너무 감사하고 감동하였다. 함께 연대하는 것의 중요성을 뼈저리게 느끼며 나 또한 다른 선생님들의 수업 시간에 함께 학생들의 활동을 도우며 함께 수업을 만들어갔다. 수업하면서 학생들만 한국의 문화에 대해 배운 것이 아니라 나 또한 캐나다의 문화를 배웠고, 함께 수업하는 선생님들과 연대하며 나 또한 교사로서 한층 성장할 수 있는 시간이었다.

나의 수업이 끝나고 다른 한국 선생님들의 한국 문화 수업에 참관하며 열정적으로 준비한 선생님들의 다양한 수업 방식과 학생들을 대하는 태도 등 많은 것들을 서로 배웠다. 캐나다 선생님들의 수업에 참관하며 캐나다 선생님들의 열린 마음으로 학생들을 대하는 태도와 질문을 유도하는 방식, 학생들이 어떠한 대답을 하더라도 끝까지 경청하며 학생들의 모든 말들이 땅에 떨어지지 않도록 소중히 대하는 태도를 배웠다. 수학 수업을 참관했는데 수학 문제를 풀 때도 학생들에게 질문을 하며 왜 그렇게 되는지를 생각하게 하셨다. 영미문학 수업을 참관했을 때는 책 한 페이지를 읽는 동안 한 줄 한 줄에 대한 학생들의 생각을 묻고 모든 학생이 손을 들고 적극적으로 발표하게 하셨다. 학생들의 모든 생각을 듣고 칠판에 적으며 코멘트하는 모습이 인상적이었다.

지식을 전달하지 않고 끌어내는 캐나다의 수업

하루는 감사하게도 캐나다 학교에서 가장 인기가 많은 선생님의 수업을 들을 기회가 주어졌다. 선생님께서는 지식을 전달하는 것이 아니라, 학생들로부터 지식을 끌어내셨고 끊임없는 질문을 하시면서 엉뚱한 질문이나 대답하는 학생들을 절대 혼내거나 나무라지 않으셨다. 참 재미있는 생각이라면서 그러한 생각도 발표하려고 손을 든 학생의 용기를 칭찬하셨다. 유머가 있으셔서 재미있는 수업 분위기 속에서 학생들이 자유롭게 손을 들고 발표할 수 있는 분위기를 만들어 주셨고, 학생들 하나하나 눈을 마주치며 진심으로 대하신다는 게 느껴졌다. 학생들은 적극적으로 참여하며 선생님과 학생은 수업을 통해 진심으로 소통하고 있었다. 지식은 교사가 아니라 학생으로부터 나왔고 학생들은 더 다양한 지식을 스스로 공부하며 수업 시간에 그 지식을 나누길 원했다. 선행학습을 통해 이미 알고 있는 내용을 학교에서 다시 배우는 것이 재미가 없어 수업을 안 듣는 풍경이 아니라, 약간의 예습을 통해 수업 시간에 자신이 알고 있는 것을 뽐내면 교사가 칭찬해 주며 학생들의 자존감을 향상시키는 활동을 하는데 이것이 진정한 교육이라는 생각이 들었다.

한국에서의 시험 형태가 암기 위주의 지식을 확인하고 정답을 맞혀야 하는 시험이라면 캐나다의 교육은 자기 생각을 깊이 있게 파고들어 내면의 생각을 얼마나 잘 펼쳐내느냐를 파악하는 생각하는 힘을 기르는 교육이라는 생각이 들었다. 학생들 하나하나의 생각을 존중하기 때문에 학생들은 학교 교육을 통해 자존감이 올라가고 더욱 배우고 싶다는 생각이 들 수밖에 없을 것 같았다. 내가 다시 캐나다에서 학교에 다니며 교육받고 싶을 정도로 나는 캐나다의 교육에 매료되었다. 그러면서 동시에 내가 한국에 돌아가면 한국의 교육 현장에서 캐나다의 교육을 어떻게 접목할지 생각하게 되었다. 한국 아이들의 생각하는 힘을 키워주기 위해, 자존감을 키워주기 위해 나는 교사로서 어떠한 수업을 해야 할까? 질문을 던지고 학생들이 생각할 수 있는 시간을 주어야겠다. 암기 위주 지식 전달의 수업이 아닌 책을 읽고 스스로 생각하며 자기 주도적으로 배우고 싶게 만드는 교육을 해야겠다는 생각이 들었다. 앞으로도 끊임없이 내가 해결해야 할 숙제이지만 이제 첫발을 내디뎠으니 계속 선생님들과 연대하며 학생을 사랑하는 마음으로 교육에 이바지하고 싶다.

파더 미쉘 게츠 학교에서 한국 문화를 가르치는 장면

파더 미쉘 게츠 학교에서 한국의 젓가락 사용 방법을 설명하는 장면

캐나다 WHAT 수다!

I love Canada,
내가 캐나다에서 살고 싶었던 이유

캐나다에 3주간 머물면서 만약 내가 캐나다에 살면 어떨지 상상해 보았다. 따뜻한 햇살 속에서 잘 자라는 나무들, 길가에 흔한 야생동물들, 다양한 모습과 크기의 애완견들, 캐나다 외곽의 멋있는 풍경들, 다양하고 편안한 차림으로 야외에서 일광욕을 즐기며 미소를 짓던 한가하고 여유로운 모습의 캐나다 사람들, 아름다운 자연환경만큼이나 사람들의 감정을 소중히 여기고 존중하는 그들의 아름다운 마음 덕분에 캐나다라는 곳을 더욱 좋아하게 되었다.

다양한 인종과 문화의 공존

캐나다는 다양한 인종과 문화가 공존하다 보니 다양한 문화적 경험과 이해의 기회를 제공하며 서로 다른 배경을 가진 사람들과의 교류를 통해 폭넓은 시각을 가질 수 있다는 장점이 있다. 삼면이 바다로 둘러싸여 있는 우리나라 같은 경우 외국 여행을 가려고 해도 비행기나 배를 타고 가야 하고 주변에 외국인 노동자를 제외하고는 한국 사람이라고 인식될 만한 다른 문화권의 사람들은 많지 않다. 다문화사회로 점점 접어드는 추세지만 외모나 문화가 다르면 아직도 있는 그대로 한국인으로 바라보기보다는 다르다고 신기하게 보는 인식이 있다. 사실 사람은 똑같이 생긴 사람은 하나도 없고 성격도 모두가 다 다르다. 생김새는 그냥 그 사람의 개성일 뿐이고 성격도 같은 사람이 하나도 없어서 같은 문화라고 하더라도 생각하는 게 전혀 다를 수도 있다. 이런 인간에 대한 이해의 폭이 다문화 사회에서는 더욱 자연스럽게 스며들며 어릴 때부터 교육을 통해 타인을 존중하는 포용성과 배려를 기를 수 있는 것 같다. 그런 면에서 캐나다는 나와 다른 타인을 있는 그대로 바라보고 존중하는 포용성과 열린 마음을 배울 수 있는 곳인 것 같다. 모든 사람을 평등하게 대하고 다양한 의견과 배경을 존중하는 환경 속에서 다양한 문화적 행사와 축제에 참여하며 풍요로운 삶을 살 수 있는 환경을 가진 것이다.

각자의 필요와 흥미를 반영한 교육 환경

또한 캐나다에는 우수한 교육 시스템과 세계적으로 인정받는 대학들이 많이 있다. 미국과 가까워 캐나다에서 공부하다가 미국으로 대학 진학할 수도 있고 다문화 사회인 만큼 다양한 문화 속에서 자신의 진로를 체험할 수 있다. 학생들의 다양한 필요와 흥미를 반영하여 프로그램과 교육과정을 제공하며 학생들이 잠재력을 최대한 발휘할 수 있도록 돕는 과정도 많다.

단순히 대학에 가기 위한 프로그램만 있는 것이 아니라 자신의 진로에 맞는 방과 후 수업에 참여하며 다양한 교육 기회 속에서 진로에 대한 흥미를 키워간다. 미국과 같이 폭력이나 총기사고가 빈번하지도 않고 아름다운 자연환경 속에서 안전한 학습 환경을 제공하는 것도 또 하나의 장점이다. 학생들의 정신적, 신체적 안전을 중요시하며 학습에 집중할 수 있는 좋은 환경을 제공하는 것 또한 캐나다에 가고 싶게 만드는 이유 중 하나이다.

자존감을 높여주는 캐나다의 허용적인 문화

이러한 다문화 사회의 장점과 우수한 교육환경도 물론 내가 캐나다에 살고 싶은 이유이지만 가장 큰 이유는 남들을 의식하지 않고 내 자존감을 지키며 살아갈 수 있을 것 같다는 생각 때문이다. 짧은 시간이었지만 캐나다에서 지내는 동안 캐나다의 포용적이고 존중하는 문화는 나의 자존감을 높이는 데 긍정적인 영향을 주었고 다양한 배경을 가진 사람들과의 상호작용을 통해 나 자신에 대한 긍정적인 인식을 가질 수 있었다. 특히 캐나다는 정신 건강에 대한 인식이 높고, 다양한 지원 프로그램이 잘 마련되어 있어서 개인이 어려움을 겪을 때 도움을 받을 수 있는 환경이 있다. 감정을 표현하는 것을 금기시하고 남자는 태어나서 세 번밖에 울 수 없는 한국이라는 나라에서 감정을 억누른 채 살고 있는 많은 사람이 캐나다에 오면 모든 감정을 인정받고 수용 받고 모든 감정이 틀리지 않았다는 것을 깨닫게 될 것이다.

캐나다에서 배운 'LGBTQ+'라는 개념도 나에게는 너무나 생소한 개념이 었다. 캐나다에서는 성별을 남과 여 이분법적으로 보는 것이 아니라 다양한 성별을 있는 그대로 존중해 준다는 사실이 충격적이었고 그것 또한 인간에 대한 존중이라는 생각이 든다. 자기 생각을 자유롭게 표현할 수 있고 그 생각 자체로 존중받는다. 수업 시간에도 옳거나 틀린 답이 있는 것이 아니라 자기 생각이 곧 정답이고 다양한 정답의 가능성을 열어 생각하는 힘을 기르는 교육을 한다. 학생들이 의견을 제시할 때 학생들에게 눈을 맞추고 그들의 눈높이에서 그들의 이야기를 경청해 주며 생각과 감정을 존중한다. 이러한 환경 속에서 나 또한 내가 부정당했던 것들이 모두 수용되는 경험을 통해 자존감이 회복되었고 나 스스로를 있는 그대로 바라보고 껴안게 되는 경험을 하였다.

교사로서 수업 시간에 울고 싶지만 울음을 참아야 했던 순간이 많았다. 우리를 가르쳐 주셨던 캐나다 현지 선생님이 강의 중 자신의 이야기를 하면서 기쁘고 슬픈 감정을 표현하며 눈물을 자연스럽게 흘리며 감정을 드러내는 모습을 보면서 감정을 억압하지 않고 자연스럽게 흘려보내는 캐나다인들이 한 편으로는 부럽기도 했다. 그 감정을 부끄러워하지 않고 있는 그대로 보여주는 그 문화와 개인의 용기. 나도 내 감정을 타인에게 공개하며 나를 있는 그대로 보여줄 용기가 있을까? 아니면 계속 페르소나를 쓴 채로 한국에서 살아가야 할까? 앞으로 수많은 물음 속에서 살아가야 하겠지만 캐나다에서 배운 분명한 것은 우리는 그 자체로 모두 소중한 존재이고 자신만의 방식과 각자의 속도대로 살아간다는 것이다. 그리고 가장 중요한 것은 나의 모든 감정을 존중하고 스스로를 있는 그대로 받아들이고 사랑해야 한다는 사실이다.

I love Canada. I love myself.

기숙사 거실에서 바라본 창밖의 모습

캐나다 문화탐방 중 토론토 CN 타워 앞에서 PIG Family

캐나다 WHAT 수다!

에필로그

일상에서 벗어나 캐나다라는 새로운 환경에서 다양한 경험을 통해 찾은 마음의 여유.

누구의 엄마, 교사라는 역할을 잠시 내려놓고 잊고 있었던 진정한 나를 찾는 행복.

인생은 혼자라지만 때로는 혼자서 이겨내기 어려울 때 아픔을 나누고 함께 헤쳐 나갈 수 있는 공동체를 발견한 기쁨.

차이를 존중할 뿐 아니라 다양성을 즐기고 나아가 부족함을 메꿔주는 캐나다식 평등의 발견.

다문화 사회로 진입한 우리 사회와 교육을 향한 제안.

캐나다에서, 돌아와서 한국에서도, 우리는 많은 이야기를 나눴다. 이 모든 수다 속에서 우리는 '존중'이라는 단어를 떠올린다. 우리는 자신과 타인을 얼마나 존중하고 있는가. 인생은 결국 자존을 찾고, 나아가 타인을 존중하는 방법을 알아가는 과정 아닐까.

우리는 캐나다에서 보고 배우고 느끼고 사랑했던 기억을 떠올리며, 이 행복한 추억들이 흐려지기 전에 기록으로 남기고 싶었다. 하고 싶은 일도 많고 배우고 싶은 것도 많은, 늘 의욕이 넘치는 우리지만 마음속 생각을 글로 구체화하기란 쉬운 일이 아니었다. 어느 날 카페에 모여 앉아, 떠오르는 생각들을 정리해 보기로 했다. 펜도 종이도 없어서 키페 사장님에게 펜과 냅킨을 빌려 빠르게 키워드를 적어 내려갔다. 다섯 사람이 가진 생각들이 하나씩 목차가 되어 수면 위로 드러났다.

학교 업무로 폭풍 같은 하루하루를 보내면서 초보 작가로서 글을 쓰는 시간은 고되고도 귀한 시간이었다. 자신을 돌아보고 교직에 대해 깊이 생각해 보면서, 이전과는 다른 사람으로 한 걸음 더 성장할 수 있었다. 어려운 공저 작업에 기꺼이 동참하고, 힘든 시간 서로를 다독이며 함께 해준 PIG Family가 자랑스럽다. 특별한 시간을 더욱 특별하게 빛내준 고마운 나의 동료들이여, 앞으로도 서로에게 힘이 되는 우리가 되자.

2024년 12월,

PIG Family

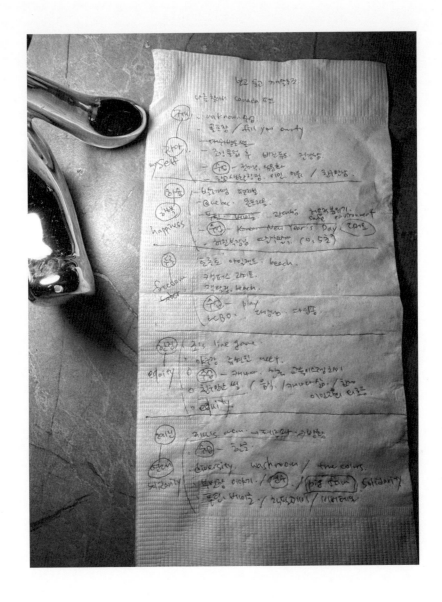